LOS CINCO CRACKS

DIRECCIÓN EDITORIAL
DEPARTAMENTO DE EDICIONES GELV

DIRECCIÓN DE ARTE
DEPARTAMENTO DE IMAGEN Y DISEÑO GELV

DISEÑO DE COLECCIÓN
SPR-MSH.COM

EDICIÓN
ÁREA DE PUBLICACIONES DE LITERATURA
INFANTIL Y JUVENIL

COORDINACIÓN DE PRODUCCIÓN
Y MAQUETACIÓN
ÁREA I+D DE SOPORTES EDITORIALES GELV

ILUSTRACIÓN DE CUBIERTA
JAVIER LACASTA LLÁCER

TRADUCCIÓN: MARÍA CRISTINA RODRÍGUEZ AGUILAR

TÍTULO ORIGINAL: FÜNF ASSE - ABGETAUCHT BY ANDREAS SCHLÜTER - WWW.SCHLUETER-BUECHER.DE & IRENE MARGIL - WWW.IRENEMARGIL.DE

ESTE LIBRO SE CONTRATÓ A TRAVÉS DE UTE KÖRNER LITERARY AGENT, S.L., BARCELONA - WWW.UKLITAG.COM

ISBN: 978-84-263-8646-5
DEPÓSITO LEGAL: Z 1476-2012

EDELVIVES TALLERES GRÁFICOS. CERTIFICADO ISO 9001
IMPRESO EN ZARAGOZA. ESPAÑA

INMERSIÓN

ANDREAS SCHLÜTER IRENE MARGIL

TRADUCIDO POR MARÍA CRISTINA RODRÍGUEZ AGUILAR

LOS CINCO CRACKS

EDELVIVES

LOS CINCO CRACKS

LENNART

DISCIPLINAS:
TENIS DE MESA, DEPORTES DE BALÓN, VELOCIDAD

EDAD:
12 AÑOS

NACIONALIDAD:
ALEMANA

HERMANOS:
NINGUNO

AFICIONES:
HACER JUEGOS MALABARES Y COLECCIONAR BALONES

COLOR FAVORITO:
EL COLOR DE LOS OJOS DE LINH

SIGNO DEL ZODÍACO:
SAGITARIO

DEBILIDAD:
A VECES ES INQUIETO Y NERVIOSO

SU FUERTE:
VIVARACHO, COMUNICATIVO

LEMA:
«ANTES DE DISPARAR HAY QUE APUNTAR»

ASIGNATURAS FAVORITAS:
INGLÉS, ALEMAN

DE MAYOR QUIERE SER:
INTÉRPRETE

YABALI

DISCIPLINA:
ATLETISMO

EDAD:
12 AÑOS

NACIONALIDAD:
SUDAFRICANA

HERMANOS:
SU HERMANO RASUL, DE 6 AÑOS

AFICIONES:
FABRICAR HELADOS

COLOR FAVORITO:
CADA DÍA UNO DISTINTO

SIGNO DEL ZODÍACO:
LIBRA

DEBILIDAD:
A VECES PREFIERE ESTAR SOLO

SU FUERTE:
PERSEVERANTE, PACIENTE

LEMA:
«NO HUIR CORRIENDO, SINO ACUDIR DEPRISA»

ASIGNATURAS FAVORITAS:
MATEMÁTICAS

DE MAYOR QUIERE SER:
INVESTIGADOR DEL DEPORTE

ILKA

DISCIPLINA:
NATACIÓN

EDAD:
12 AÑOS

NACIONALIDAD:
AUSTRALIANA, DE PADRES ALEMANES

HERMANOS:
NINGUNO

AFICIONES:
LOS PECES DE COLORES Y SU ACUARIO DE AGUA SALADA

COLOR FAVORITO:
EL AZUL TURQUESA

SIGNO DEL ZODÍACO:
ESCORPIO

DEBILIDAD:
ODIA SUS PECAS

SU FUERTE:
EMPRENDEDORA, FIABLE

LEMA:
«¡RESPETA A TODOS LOS ANIMALES!»

ASIGNATURAS FAVORITAS:
FÍSICA, QUÍMICA, BIOLOGÍA

DE MAYOR QUIERE SER:
BIÓLOGA MARINA O FISIOTERAPEUTA

LINH

DISCIPLINA:
YUDO

EDAD:
11 AÑOS

NACIONALIDAD:
ALEMANA, DE PADRES VIETNAMITAS

HERMANOS:
SU HERMANA HUONG, DE 6 AÑOS

AFICIONES:
LAS PLANTAS, LOS BONSÁIS Y LAS FLORES

COLOR FAVORITO:
EL VERDE

SIGNO DEL ZODÍACO:
LEO

DEBILIDAD:
A VECES ES PELIGROSA COMO UNA SERPIENTE VENENOSA

SU FUERTE:
ES TRANQUILA Y EQUILIBRADA

LEMA:
«SIEMPRE HAY UN CAMINO»

ASIGNATURAS FAVORITAS:
BIOLOGÍA, ESPECIALMENTE LA BOTÁNICA

DE MAYOR QUIERE SER:
JUEZA

MICHAEL

DISCIPLINA:
DECATLÓN

EDAD:
12 AÑOS

NACIONALIDAD:
ESTADOUNIDENSE

HERMANOS:
NINGUNO

AFICIONES:
LOS EJERCICIOS MUSCULARES

COLOR FAVORITO:
EL ORO

SIGNO DEL ZODÍACO:
ARIES

DEBILIDAD:
PRESUME A VECES DE MUSCULITOS

SU FUERTE:
CASI SIEMPRE ACTÚA CON RAPIDEZ

LEMA:
«SOLO CON LA CABEZA NO BASTA; LA FUERZA TAMBIÉN ES NECESARIA»

ASIGNATURAS FAVORITAS:
¡NINGUNA!

DE MAYOR QUIERE SER:
ANIMADOR DEPORTIVO O ENTRENADOR DE FITNESS

1 LA ACAMPADA

—¡Mmmmm, fantástico! —exclamó Ilka entusiasmada mientras lamía su helado con fruición.

—Bueno, yo no diría fantástico —la contradijo Michael—. ¡Solo un fin de semana es demasiado corto!

Linh le dio un empujoncito.

—Ilka se refiere al helado —lo corrigió y lanzó a Yabali una mirada de aprobación por su invento—. A mí también me lo parece.

Los Cinco Cracks estaban sentados en el césped delante del colegio, disfrutando tranquilamente de la nueva creación de Yabali, el helado Copacabana.

—Es aún mejor que el Copa África de la semana pasada —alabó Linh, antes de girarse hacia Michael para responder—: Una excursión de dos días con el colegio siempre es mejor que nada, ¿no? Yo, desde luego, me alegro.

—Ya que solo son dos días, al menos podía caer en días de clase —siguió quejándose Michael. No le gustaba el colegio. No soportaba Matemáticas, Biología, Lengua, Ciencias Sociales ni Arte. Tenía serias dificultades en todas estas asignaturas. Inglés era la única en la que sacaba sobresaliente, aunque jugaba con ventaja: sus padres habían llegado de los Estados Unidos a Alemania hacía dos años y desde el principio habían hablado con él en inglés y en alemán. Aparte de Inglés, la otra materia en la que demostraba grandes aptitudes era Educación Física; por eso sus padres lo apuntaron en el Colegio James Connolly, donde el deporte constituía una asignatura central en el programa.

—¿Habrá corriente eléctrica? —preguntó Yabali—. Podría llevar mi heladera.

—¿Una heladera en una acampada junto a un lago? —interpeló Ilka con expresión dubitativa—. Sería un poco exagerado, ¿no? Aunque el helado está delicioso... —Y se metió en la boca con deleite el último trozo.

—Llevaré la bici de montaña. Los alrededores del lago tienen que ser muy chulos —comentó

Lennart—. ¡Ya encontraré cómo meterla en el autobús!

Yabali se tumbó en la hierba y contempló el cielo.

—Los pájaros vuelan. Los peces nadan. Las personas andan. ¿No puedes estar dos días sin tu bicicleta?

—¿Por qué? —le preguntó Lennart—. Creí que querías aprender a montar en bicicleta para el triatlón.

Yabali dejó de contemplar el cielo un momento y miró a Lennart.

—Pero no junto a un bonito lago. Ahí prefiero practicar natación con Ilka. —La miró sonriente.

Ilka frunció los labios como si fuera un pez y soltó un «blu, blu». Linh se sentó sobre sus talones, como en yudo, en posición de seiza, y miró contenta hacia el sol con los ojos entrecerrados.

—Cuando el sol nos alegra, las preocupaciones desaparecen.

—¿Otro proverbio chino? —preguntó Michael.

Linh se rio.

—Sí, del chino Johann Wolfgang von Goethe. ¿Oíste hablar de él alguna vez en Estados Unidos?

Michael dio por acabada la conversación. No quería que Linh contestara con otra cita si se ponía a discutir con ella. Su provisión de aforismos, sobre todo de proverbios asiáticos, era inagotable. Y el cielo azul prometía que el tiempo sería perfecto en su excursión al lago.

Al día siguiente, todos se pusieron en marcha. La clase al completo, la señora Kick y un acompañante masculino, un joven estudiante, se dirigieron en el autobús al campamento juvenil del lago que había en las afueras de la ciudad.

Con el permiso especial de la señora Kick y el consentimiento del conductor, Lennart pudo atar la bicicleta en el pasillo del autobús. Cuando llegaron, fue el primero en abandonarlo, con ella cargada sobre los hombros.

Linh, que iba detrás, se detuvo y disfrutó durante un minuto la maravillosa vista del lago. El espacio reservado para montar las tiendas de campaña se encontraba tan solo a unos pasos de la orilla.

—¿Me ayudas? —inquirió Ilka con cierto tono de reproche. No le había dado tiempo ni de echar un vistazo alrededor; se había enzarzado en una pelea desigual, batallando con varillas cortas y largas, lazadas grandes y pequeñas, y cuerdas gruesas y finas para montar la tienda.

Nada indicaba que el material esparcido tuviera algo que ver con una acogedora tienda de campaña. Para colmo, habían desaparecido las instrucciones de montaje.

Linh no reaccionó: siguió contemplando la superficie apacible y tranquila del lago.

—¡Eh, Linh! —Ilka agitó los brazos para llamar su atención.

Pero en vez de Linh, fue Michael quien se acercó.

—¿Te sobra una piqueta para mí? —le preguntó.

Ilka lo miró perpleja. Lanzó una rápido vistazo al material desperdigado y se encogió de hombros. No sabía si le sobraba una piqueta, pero le dio una. Después volvió a girarse hacia Linh.

—Linh, ¿me has oído?

Por fin Linh se dejó arrancar de sus pensamientos.

—Sí —dijo—. Ya voy.

Resuelta, empezó a poner orden en el caos que rodeaba a Ilka y a extender la base de plástico de la tienda de campaña.

—Lo mejor es que empecemos con estas cuatro esquinas.

Después, con un martillo, clavó la primera piqueta en el suelo.

En cuanto Linh empezó a trabajar, Ilka se distrajo. Dejó vagar la mirada por la isla que emergía de forma pintoresca en el centro del lago. Para Ilka no había nada más romántico y misterioso que una isla en medio de un lago apacible. Se sintió atraída por la magia que irradiaba esta mancha de tierra en medio del agua.

—¡Voy a nadar hasta allí! —afirmó—. ¿Quién se viene conmigo?

—¿Adónde? —Linh había clavado ya cuatro piquetas. Levantó la vista.

Ilka señaló hacia la isla.

—¿No íbamos a montar ahora la tienda? —protestó Linh.

Antes de que Ilka pudiera contestar, apareció Frauke.

—¿Ir nadando hasta allí? Me apunto. ¡Si no te rajas!

Ilka se giró.

—¿Y tú de dónde sales? —dijo extrañada. Era lo que le faltaba en ese momento. Frauke solía aparecer de repente y le encantaba provocar a Ilka. Pero al contrario que el mítico monstruo del lago Ness, que volvía a desaparecer rápidamente en el lago escocés del mismo nombre, Frauke se quedaba.

—¿Irás hasta allí con velocidad de caracol? No pienso esperarte —la retó Frauke con las manos en las caderas.

—¡Frauke! ¿Una carrera a nado, ahora?

El hecho de que Ilka fuera siempre más rápida en las carreras por una brazada provocaba en Frauke el deseo de competir de nuevo. No podía conformarse con una derrota. Ilka detestaba ese deseo encarnizado de ganar. Y por eso siempre solía encontrar alguna forma de evitar sus desafíos.

—¿Y ahora qué pasa? ¿No me ayudas? —la apremió Linh.

Ilka no veía motivo para no ganar a Frauke. Su nivel físico era óptimo y el plan de entrenamientos para el precampeonato escolar marchaba según lo previsto.

—¡Bien! —aceptó el desafío, aunque le irritaba un poco. Hubiera preferido disfrutar con calma del paseo a nado hasta la isla.

—¿Una carrera de natación? ¡Genial! —jaleó Yabali, que estaba montando su tienda de campaña con Lennart—. ¡Ilka, yo te apoyaré desde la orilla!

Le encantaba ver a Ilka deslizándose en el agua con aquella ligereza y aquella fuerza. Y le gustaba tanto que, desde hacía algún tiempo, estaba planteándose en serio entrenarse en natación. Así un día podría participar con Ilka en un triatlón. Ella le enseñaría a nadar y él a correr. Necesitaban entrenarse también con la bicicleta; en eso Lennart era el experto.

—Yo seguiré de cerca todo lo que ocurra —prometió Linh—. ¿Habéis visto? —Había dejado de montar la tienda de campaña y acababa de sacar del bolsillo un catalejo que compró en un mercadillo, mostrándolo ahora con orgullo.

—¡Claro! —exclamó Frauke—. Los Cinco Cracks siempre unidos. Pero esta vez ganaré yo.

Aunque seáis cinco, no tenéis ninguna oportunidad.

—¿Tienes algo en contra del apoyo de los amigos? —se extrañó Ilka—. ¿No querías que midiésemos nuestras fuerzas? Nadar, nado yo solita.

—¿Sin nosotros? ¡Quedamos en que nos remolcarías con un cable! —Linh se rio.

—¡Incluso así, Ilka sería más rápida! —dijo Yabali.

Michael se unió a ellos. Lanzó a Ilka una barrita energética:

—¡Toma, por si flojeas por el camino!

—Más vale que tengáis cuidado de no acabar todos en el agua —replicó Frauke, mordaz—. Dentro de una hora, en el embarcadero —continuó y se marchó a grandes zancadas.

—Bien, hasta entonces podemos acabar de montar en paz la tienda de campaña —señaló Linh—. ¿Sujetas un momento? —Le dejó una varilla en la mano a Ilka y colocó la segunda varilla en el otro extremo.

Sin embargo, se dio cuenta de que ya no podía esperar que Ilka estuviera atenta. Esta sujetó formal la varilla de la tienda, aunque su pensamiento estaba en la carrera de natación contra Frauke. Sobrevoló el trayecto con la mirada y se fijó en algo. Entrecerró los ojos y colocó la mano de visera.

—¿Qué es aquello rojo?

Linh clavó en ese instante la última piqueta, pero quedaba aún una cuerda tensora colgando.

—Aquí falta una piqueta. No puede ser. —Registró el suelo alrededor de la tienda. Miró incluso entre los bultos del equipaje—. ¡Parece como si se la hubiera tragado la tierra! ¡Si ayer las conté dos veces! ¿Sabes dónde está la última piqueta?

—Michael ha usado una. Yo se la di —contestó Ilka, sin apartar la vista del objeto rojo que había en la orilla de la isla—. Mira allí. ¿Distingues qué es aquello?

Linh sacudió la cabeza ante la generosidad que Ilka había demostrado con Michael, cogió una piedra para fijar la última cuerda tensora, y agarró el catalejo. Después de localizar la cosa roja y enfocar, reconoció de qué se trataba.

—¿Y? —preguntó Ilka llena de curiosidad.

Linh no podía creer lo que veían sus ojos.

—Es una señal. ¡Una señal roja de stop, como las de las carreteras! —sacudió la cabeza incrédula—. ¿Cómo puede haber una señal de tráfico en esa isla diminuta, si a ella no llegan los coches?

—Quizá sea para las barcas —supuso Ilka—. Seguro que la isla es un espacio natural protegido. Un oasis para aves, ranas y otros seres vivos, donde las personas no son bienvenidas.

—¡Es una buena marca para que hagáis allí el viraje! —opinó Yabali.

—¡Cierto! —reconoció Ilka. No tenían boyas para fijar el recorrido ni el punto de viraje. La información sobre la inminente carrera en la que las dos chicas medirían sus fuerzas se divulgó rápidamente entre toda la clase. Nadie quería perdérselo. No podía haber mejor comienzo para una excursión de fin de semana.

—Después podemos hacer una barbacoa —propuso Michael, que llevaba en la mano la bolsa del carbón y las pastillas para hacer fuego—. ¿Dónde están las parrillas? —Lanzó una mirada interrogante a Lennart.

Hubiera preferido hacer una pequeña barbacoa solo para Los Cinco Cracks, delante de la tienda de campaña, pero la señora Kick les había informado de que solo estaba permitido celebrarlas en la zona de las parrillas.

Lennart no reaccionó. Estaba revisando la bicicleta por si se hubiese desencajado cualquier cosa durante el transporte. Ahora comprobaba si el cambio de marchas estaba bien ajustado, las palancas de freno cerradas y los frenos equilibrados.

—Ahí delante, en la esquina del círculo de piedras. Ese es el espacio que podemos utilizar para hacer barbacoas. Puedes empezar a encender ya el fuego —le contestó la señora Kick.

—¡Pero si ahora empieza la carrera de natación! —Michael se dio la vuelta.

La señora Kick no se había enterado del acontecimiento y tampoco se mostró en absoluto entusiasmada:

—Deberíais haberme preguntado antes —reprendió a Ilka—. Tenía planeada otra actividad.

Ilka tuvo que admitir que en cierto modo tenía razón, pero ¿cómo podía saber ella que toda la clase estaría pendiente de la carrera? Solo iba a ser un pequeño enfrentamiento privado contra Frauke.

¿Por qué se habría dejado convencer para competir? En el fondo, Ilka conocía el motivo: el tono arrogante de Frauke y sus aires triunfales habían despertado su competitividad.

Justo en ese momento apareció inoportunamente Vanesa para preguntar si las chicas empezarían la carrera dentro del agua o lanzándose de cabeza desde el embarcadero.

—Tengo que planear dónde colocarme para hacer las mejores fotos —se explicó.

La señora Kick torció el gesto, molesta.

Ilka se encogió de hombros a modo de disculpa.

—¡Bueno, si ha de ser, adelante! —consintió la profesora—. Eso sí, la carrera se aplaza a mañana por la mañana. Haremos de esto un auténtico evento. ¡Pero no empezará en el embarcadero! —afirmó, estricta—. Y esta noche celebraremos una agradable barbacoa en el espacio habilitado, ¿entendido?

Ilka asintió con la cabeza.

—Bien. —La señora Kick se mostró satisfecha—. ¡Vanesa, avisa a los demás! ¡La competición será mañana a las diez de la mañana!

—¿Nadarán a braza? —preguntó Vanesa.

—A crol, por supuesto —respondió Ilka.

—¡Yo pintaré una pancarta! —se ofreció Jessica al escuchar aquello.

La noticia se extendió como la pólvora. Después los alumnos se dedicaron a sus diferentes tareas antes de la barbacoa.

Ilka tomó la cámara de Linh, le robó el sombrero de *cowboy* a Michael y sacó una fotografía a todo aquel que se le cruzaba por delante con él puesto. Lennart se puso a jugar al bádminton. No era nada extraño: como siempre, el artista de la raqueta no podía tener cerca una pelota y no utilizarla. Y Linh era una compañera de bádminton fantástica. Paraba todos los golpes con mucha destreza. Cuando Yabali se acercó con una nevera a la zona habilitada para hacer las barbacoas, todos supieron enseguida que, como por arte de magia, habría helado de postre. Llamó a su nueva creación *El Gran Azul*. Los entendidos sabían que el título procedía de una película muy famosa que no transcurría junto a un lago, sino en el mar, y trataba de buceo en grandes profundidades.

El tema de conversación el resto de la tarde fue la carrera de natación del día siguiente.

—¡Las rachas de suerte siempre acaban, tarde o temprano! ¡Y lo tuyo no ha sido más que pura suerte! —gritó Frauke a Ilka tan alto que todo el mundo lo oyó.

—¡Guárdate el aire para mañana! —le respondió Michael—. ¡Cuando vayas resoplando detrás de Ilka, lo vas a necesitar! —Y para ilustrarlo hinchó los mofletes y le hizo una mueca.

Ilka y sus amigos no se dejaron intimidar por las amenazas de Frauke.

La señora Kick permitió que cada uno decidiera si quería ver o no la carrera. Sin embargo, el acontecimiento había adquirido tal importancia que nadie quiso perderse el espectáculo.

Para apoyar a Ilka del mejor modo posible y observar la carrera con todo detalle, Los Cinco Cracks decidieron distribuirse a lo largo del recorrido. Linh buscaría un buen sitio desde donde poder seguirla con el catalejo. Lennart quería seguir la carrera desde la bicicleta. Y Michael tenía planeado escalar hasta lo alto de unos peñascos. Desde allí, la vista debía de ser fantástica.

Yabali tenía que ayudarlo. Él vería la carrera desde abajo, en el camino que iba por la orilla. Todos tuvieron que asegurarle a la señora Kick que permanecerían siempre al alcance de su vista.

No importaba cómo y desde dónde siguieran la prueba. Ninguno de Los Cinco Cracks dudaba que Ilka la ganaría.

2 LA CARRERA

A la mañana siguiente, Ilka se sentía igual que antes de cualquier competición. Por dentro era todo nervios, pero no dejaba que se le notara.

«¿Una carrera? ¡Menuda tontería! ¡No es más que un poco de chapoteo!», se decía intentando tranquilizarse. Pero no lo conseguía. Y eso la ponía furiosa. ¿Por qué se habría dejado convencer? ¡Con lo a gusto que hubiera podido nadar en aquel precioso lago natural sin tener que competir! Habría podido disfrutar del cielo raso sobre ella, de la temperatura cambiante del agua, las familias ocasionales de patos, el fondo oscuro, el viento, las olas y los sonidos lejanos. Nada que ver con el ruido de la piscina cubierta.

¿Por qué sus amigos no la habían hecho reflexionar? Al contrario, se entusiasmaron desde el principio con la proposición de Frauke. Eso también la ponía furiosa. Su mal humor no pegaba nada con aquel hermoso día de domingo.

Dentro de un momento iba a disputar una carrera de natación en un lago natural. Ahí las reglas eran diferentes a las de una piscina cubierta; nada era como solía ser normalmente. No había líneas de marcación en el suelo ni bordillo, no había cuerdas ni agua transparente. Ningún punto de orientación a los lados o por debajo de ella. Solamente el punto rojo en la isla y los manotazos de su contrincante en el agua.

Y había algo más que iba a resultarle extraño. Normalmente tenía a sus amigos cerca, a veces incluso creía oír sus gritos de ánimo entre el barullo general de una competición. Hoy estarían demasiado lejos, pues tenía que nadar justo por el centro del lago.

—¡Me marcho! —dijo Michael, y se quitó la gorra con un movimiento elegante, como si se desprendiese de una chistera—. ¡No hay montaña lo suficientemente alta para verte bien! —Hizo una seña con la mano a Ilka desde la distancia y se alejó con Yabali hacia la orilla.

Linh también se despidió de Ilka:

—El agua puede arreglárselas sin peces, pero ningún pez puede vivir sin agua. —Le guiñó un ojo, cargó en el hombro un palo con una gran bandera blanca y se marchó para buscar tranquilamente un sitio a la orilla del lago antes de que diese comienzo la carrera. Pero antes de alejarse, se giró de nuevo hacia Ilka, señaló el catalejo que llevaba colgando del cuello y, con la cámara de fotos en la mano, gritó:

—¡No pienso perderte de vista!

Lennart debía de estar en algún lugar cerca de la orilla, atraído por las raíces de los árboles, la hierba, las piedras y los socavones, que siempre lo estimulaban y ayudaban a desarrollar sus capacidades. Para Lennart, el camino más difícil era siempre el mejor camino. Por eso a menudo buscaba en todos los recorridos las raíces más grandes, los agujeros más profundos y los suelos más difíciles. En ese momento, Ilka no lo veía por ninguna parte.

Aunque había otros compañeros de clase apoyándola en la zona de salida, no podían reemplazar los gritos de ánimo de Yabali, Linh, Michael y Lennart.

La señora Kick se aseguró otra vez de que las dos competidoras estuvieran bien y les dio las últimas instrucciones:

—Os lo vuelvo a recordar: si aparece cualquier dificultad, levantad un brazo y haced señas. Vuestro punto de orientación es la señal de stop que hay en la orilla de la isla. Allí haréis el viraje. ¿Está todo claro?

Ilka asintió con la cabeza, mientras se colocaba el gorro de baño. ¡Lo del viraje era una cuestión de total confianza! Era imposible comprobar si Frauke llegaba de verdad hasta la señal roja y daba allí la vuelta. Como mucho, Michael podría verlo desde lo alto de los peñascos.

—¡Entendido! —respondió Frauke.

Ilka notó en aquella breve exclamación la ambición y el deseo absoluto de Frauke de ganar la carrera ante los ojos de toda la clase. En las competiciones escolares, la mayoría de las veces solo estaba presente una pequeña parte de la clase, pues a menudo muchos de sus compañeros entrenaban o participaban en otra competición. Pero hoy no. Hoy todos miraban a Ilka y Frauke.

Ilka echó un vistazo a su alrededor. Buscó a Lennart. Debía de estar oculto entre los demás. De pronto Ilka lo distinguió, con el dedo índice levantado en el aire, señalando algo.

—¡Ilka, Ilka! —le oyó gritar. Entonces vio la bandera blanca de Linh, un poco más lejos, en una cala de arena. La bandera se agitaba con fuerza. El viento que soplaba la movía igual que a la superficie del agua.

¿Y Michael? ¿Y Yabali? Ilka sabía que los dos la estaban viendo, pero no podía distinguirlos en ninguna parte. Dirigió la mirada hacia sus pies y dio dos pasos dentro del agua. El viento le producía frío sobre la piel mojada, a pesar de que brillaba el sol y sobre la superficie del agua resplandecían sus maravillosos reflejos. Ilka hubiera preferido empezar con un salto. La velocidad que esto le hubiera permitido desde el principio jamás la alcanzaría de esta otra manera. Pero la señora Kick había prohibido utilizar el embarcadero como punto de partida, posiblemente por razones de seguridad. Por eso empezaban dentro del agua: sería una salida de carrera mucho más lenta.

Ilka miró el diminuto punto rojo que servía de orientación en la orilla de la isla. Estaba a unos quinientos metros. Tenía que conseguir mantener el rumbo lo más recto posible, y así ir y volver nadando por el camino más corto. Pero eso no resultaba fácil cuando el estilo era crol. Para lograrlo, tendría que nadar sacando la cabeza hacia delante en vez de hacia un lado para respirar, y de este modo poder mantener la vista en el objetivo y no perder la dirección.

Frauke ya estaba también dentro del agua. Tomó impulso estirando las manos hacia atrás y echó el agua hacia delante varias veces, como hacían los deportistas de salto de altura y salto de longitud en los campeonatos, animando con este gesto a sus seguidores para que la aplaudieran. Y lo consiguió. Algunos, aunque solo una pequeña parte de la clase, acompañaron el ritmo de sus movimientos, dando palmas y gritando «¡Frauke, Frauke!». Pero la mayoría observaban silenciosos y atentos durante esos últimos segundos previos a la salida.

La señora Kick pidió silencio, se colocó el silbato en la boca y miró a las dos chicas. Levantó el brazo, tomó aire como si fuera a sumergirse en el agua y pitó.

¡Por fin! ¡La salida!

De forma automática, Ilka se lanzó hacia el agua agitada por el viento. El estiramiento del cuerpo, las brazadas, las patadas con las piernas..., era como si todos los movimientos fluyeran por sus miembros. Ilka volvía a estar ahora integrada en su elemento natural. ¿Había algo mejor que nadar? Durante unos segundos olvidó que estaba compitiendo contra Frauke, y disfrutó sin pensar de la caricia del agua y de su cuerpo deslizándose hacia delante.

Los gritos se perdieron en un murmullo que se mezcló con sus movimientos en el agua.

Pero, de pronto, Ilka se impuso la disciplina que exigía cualquier competición.

«¡Respiración acompasada! ¡Tienes tiempo, no te precipites! ¡Dosifica la fuerza! ¡Concéntrate en ti, no en tu contrincante! ¡Coge el agua con las manos! ¡Estírate! ¡No des demasiadas patadas! Inspiración por la izquierda. Espiración; brazada derecha e izquierda. Inspiración por la derecha». Ese era el ritmo. Cuando salía a coger aire debía mirar a la vez hacia delante. Vio que Frauke iba más rápido. Mucho más rápido. ¿Podría alcanzarla?

Frauke le sacaba por lo menos un cuerpo de distancia. Ilka sabía que si trataba de igualarla se arriesgaba a forzarse demasiado. Pero ¿cuánta distancia debía permitirle?

«Coge aire por la derecha».

Un par de inspiraciones después, Frauke le había tomado una distancia de al menos diez metros. ¿De dónde sacaba tanta fuerza? ¿Podría aguantar el ritmo? ¿Durante cuánto tiempo?

Ilka volvió a mirar hacia delante. La ventaja de Frauke se mantenía invariable. Se alejaba por momentos e iba directa a la señal roja.

La visión de Ilka se hizo cada vez más borrosa. Se le empañaron las gafas de nadar. No podía pararse, eso estaba claro. La ventaja de Frauke iba en aumento, metro a metro.

¡Ilka tenía que reaccionar! Intentó aumentar el ritmo paulatinamente.

«¡Dosifica tus fuerzas! ¡Tienes tiempo!».

Ahora nadaba justo detrás de Frauke.

«¡No permitas que aumente la distancia!».

Hacía rato que ya no podía distinguir el objetivo. Había desaparecido en la espesa niebla de las empañadas gafas. Pero aún podía divisar vagamente a Frauke. Ilka empezó ahora a ganar terreno. Se acercaba a Frauke con cada brazada. Sacó fuerzas y fue acortando poco a poco la distancia. Frauke perdió la ventaja.

¡Solo faltaban unos cinco metros!

«¡Puedes conseguirlo!».

Ilka se animó de nuevo. Habían dejado atrás la mitad del trayecto hasta el punto de viraje. Sintió que podía llegar hasta él al mismo tiempo que su competidora. Y tal vez empezar la primera el camino de vuelta.

Volvió a sentirse una con el lago.

Sus movimientos eran armónicos y su respiración acompasada.

Si conseguía mantener aquel ritmo, sus reservas de fuerza serían suficientes. Estaba completamente segura.

Parecía que Frauke estaba forzándose. Pocos metros más adelante nadaban igualadas.

El punto rojo de la orilla de la isla se acercaba, metro a metro.

De pronto algo incomodó a Ilka. ¿Qué era aquello?

«¡Tonterías! ¡Sigue nadando!», se dijo.

Oyó un grito. Tomó dos veces aire con la cabeza sobre la superficie del agua.

—¡Socorro!

Ahora lo había oído con claridad. Ilka miró hacia delante. Pero no vio nada. Solo que Frauke volvía a ganar ventaja. A la izquierda, las olas y el viento le tapaban la visión. ¿A la derecha? Tampoco veía nada.

—¡Socorro!

¡Alguien pedía ayuda! Pero ¿dónde? Ilka se puso las gafas en la frente con un rápido manotazo. ¡Visión libre! ¿Se habría dado cuenta Frauke de dónde venían los gritos? Parecía que no había oído nada, pues nadaba imperturbable por el lago y, ahora que Ilka se había parado, había ganado una mayor ventaja. Ilka le gritó:

—¡Frauke! ¡Espera! ¡Alguien pide auxilio!

Pero Frauke no mostró ninguna reacción.

—¡Egoísta! —le gritó Ilka furiosa.

Los gritos de socorro eran más claros ahora. Ilka se acordó de que los ruidos del lago podían propagarse en largas distancias. ¿Cómo de lejos estaría la persona que pedía ayuda?

Mientras tanto, en la orilla, todos se encontraban muy atentos. Los seguidores de Frauke daban gritos de júbilo al ver que iba aumentando su ventaja sobre Ilka.

Pero Linh supo que algo no iba bien. Se levantó y miró hacia Lennart, que seguía en la zona de salida, protegiéndose los ojos con las manos e intentando divisar con el sol de frente qué le pasaba a Ilka. Linh desconocía el lugar desde el cual Yabali y Michael seguían la carrera y no los localizaba por ninguna parte.

—¡Socorro!

Ilka oyó de nuevo el grito. ¡Era la voz de una chica! Intentó localizar de dónde provenía, pero era muy difícil. Podía estar muy cerca de ella o a un montón de metros de distancia.

—¡Socorro!

Ilka notó ahora que, aunque podía oír claramente los gritos de auxilio, eran muy suaves. La chica no tenía una voz muy potente. «Como Linh», pensó. Y se acordó de sus amigos, que estarían en la orilla. Tal vez no podían oír los gritos de auxilio.

Ilka giró veloz hacia la dirección de donde suponía que procedían los gritos, a la izquierda del recorrido de la carrera. ¿Vendrían de la isla, de algún lugar fuera de su campo de visión?

Los seguidores de Frauke gritaban y se reían, creyendo que Ilka se había desorientado completamente e iba a perder de forma aplastante contra Frauke, lo cual ya había llegado al punto de viraje.

—¡Imbéciles! —les increpó Lennart. Aunque no sabía por qué razón Ilka había cambiado el rumbo, estaba seguro de que nadaba en otra dirección a propósito. Algo tenía que haber ocurrido.

Pero como ni Ilka ni Frauke habían levantado el brazo ni hecho señales, para sus compañeros y para la señora Kick todo estaba en orden. Aunque la señora Kick agarró enseguida su catalejo para seguir a Ilka.

Esta seguía sin descubrir a nadie.

—¡Allí! ¡Allí! —Era la voz de Michael.

Ilka levantó la cabeza del agua y miró alrededor. Lo vio a contraluz, como una sombra negra contra el cielo azul. Estaba sentado en lo alto de dos peñascos.

—¡Allí! —Señalaba a un punto determinado sobre el agua. ¿Tenía que sobrepasar la isla?

Ilka estaba contenta consigo misma. De forma asombrosa, había localizado la dirección de la que provenían los gritos. Siguió la dirección que le indicaba Michael. Este se había quitado la camiseta y la agitaba en una misma dirección.

—¡Sigue a la izquierda, pasa la isla, otra vez a la izquierda, a la izquierda! —gritó Michael nervioso.

—Pero ¿qué gritas? —preguntó Yabali, que estaba abajo, al pie de los peñascos, y aunque podía ver a Ilka y a Frauke, no lograba vislumbrar lo que Michael había descubierto desde arriba—. ¡Tiene que seguir nadando hacia la derecha, hacia la derecha! El punto de viraje está a la derecha. Frauke la ha dejado atrás. ¿Es que no lo ves?

—¡No digas tonterías! —le gritó Michael desde arriba—. ¿Crees que Ilka ve borroso? ¡Ha oído a la chica!

—¿Qué chica? —Desde donde se encontraba Yabali solo se veía a otra chica dentro del agua, y era Frauke, que en ese momento sacaba a Ilka una buena ventaja de treinta metros, lo que la hacía ya inalcanzable.

—¡Hay una chica gritando socorro! —aclaró Michael—. La veo perfectamente. Pero desde aquí no puedo llegar.

Michael había trepado hasta una posición desde la que tenía una vista fabulosa, pero tardaría demasiado en descender por los peñascos hasta abajo. Y Yabali, aunque estaba abajo, tampoco habría podido alcanzar a la chica tan rápido como Ilka.

—¡Ilka va nadando hacia ella! —informó Michael a Yabali—. ¡Corre en busca de ayuda! Ilka ha tomado la dirección correcta. Pronto verá a la chica.

Linh vio por el catalejo a Michael gesticulando. Pero no entendía lo que decía, aunque comprendió lo nervioso que estaba.

Yabali salió corriendo. Entre los árboles y los arbustos, Linh apenas podía verlo, pero se dio cuenta de que volvía a la zona de salida.

Linh dirigió el catalejo hacia la zona de acampada. Lennart, desesperado, intentaba ver desde allí lo que pasaba.

Linh se metió dos dedos en la boca y soltó un penetrante silbido. Lennart dirigió la mirada inmediatamente hacia ella. Linh le hizo señas con la mano, realizó un movimiento como de manivela y después señaló hacia la otra orilla, por donde Yabali venía de camino. Era imposible localizar a Lennart por el móvil. No había cobertura en el bosque que estaba junto a la orilla del lago y además Linh se había dejado el teléfono en la bolsa.

Sin embargo Lennart comprendió lo que quería. Le hizo saber que la había entendido, se dio la vuelta, se montó en la bicicleta y salió pitando en busca de Yabali.

Poco después se cruzaron. Yabali le informó rápidamente de lo que pasaba. Lennart continuó en la dirección de la que venía Yabali hasta llegar a la otra orilla del lago, donde Ilka estaba nadando. Tal vez pudiera ayudar desde allí. Yabali siguió corriendo hasta el campamento para informar a la señora Kick.

Poco después, Lennart vio a la chica que pedía auxilio. Estaba en medio del agua, demasiado lejos de la orilla como para ir nadando hasta allí. Y, al parecer, la orilla también se encontraba demasiado lejos para la chica. Estaba dentro del lago casi sin moverse y mantenía con dificultad la cabeza fuera del agua. Solo era capaz de agitar débilmente los brazos y las piernas.

Ilka también acababa de descubrir a la chica. Para poder llegar más rápido hasta ella, cambió el ritmo de la respiración: cinco brazadas, soltar aire, una brazada, tomar aire.

—¡Aguanta! —le gritó Lennart—. ¿Lo ves? ¡Vienen a ayudarte por detrás! —Notó que estaba agotada, ya solo profería leves quejidos. Lennart hubiese querido saltar al agua y ayudarlas. Pero en esa zona la orilla estaba cubierta de tupidos arbustos llenos de espinas. Solo podía seguir gritando por encima de los arbustos:

—¡Aguanta!

Ilka continuó nadando, disciplinada. Podría haber avanzado más rápido, pero no hubiera servido de nada llegar completamente agotada junto a la chica. Tenía que ahorrar fuerzas para salvarla. Sin embargo, aumentó un poco más la velocidad. Pronto la alcanzaría.

Lennart tuvo la sensación de que la chica estaba a punto de perder el conocimiento.

Las llamadas de auxilio cesaron.

—¡Eh! —gritó Lennart—. ¡Mantente despierta! ¡Habla conmigo! ¡Venga, háblame! ¡Eh! ¿Me oyes? ¡Eh! ¡Eh!

Ilka levantó un momento la cabeza. Distinguió una cara pálida en la superficie del agua verde oscura. Tres... dos brazadas más y habría llegado.

3 EL SALVAMENTO

—¡No tengas miedo! Voy a sujetarte por debajo de los brazos y llevarte hasta la orilla. ¡Sé cómo hacerlo! —le gritó Ilka. Pero la chica estaba demasiado agotada para contestar. Débil y sin fuerzas, apenas lograba mantener la cabeza fuera del agua moviendo los brazos descoordinadamente con los últimos restos de energía.

Ilka notó que la chica se parecía a Linh. Ojalá hablara alemán.

—¡Dame la mano derecha! —le pidió.

Comprobó aliviada que la muchacha estaba consciente y que la entendía, pues le tendió el brazo derecho.

—¡Vamos! Muy bien. Ahora haz exactamente lo que yo te diga, ¿vale? —Ilka rodeó con el brazo izquierdo el cuerpo de la joven. Después colocó el brazo derecho de la chica sobre la barriga de esta, doblándolo en ángulo recto, y la agarró del antebrazo con la mano izquierda.

De este modo Ilka podía arrastrarla consigo. Empezó a tirar de ella, lentamente pero sin pausa, en dirección a la orilla. Había divisado una pequeña zona que se adentraba en el agua entre los espesos matorrales y prometía un acceso a tierra.

Ilka sintió que también le fallaban las fuerzas, pues hacía tiempo que se había metido en el agua: llevaba ya trescientos metros largos de carrera y otros doscientos en busca de la joven. Cada metro que avanzaba, la carga que transportaba se hacía más pesada.

—¡Ya llegamos! ¡Ya llegamos! —dijo más para darse ánimos a sí misma que a la muchacha.

—Bien —fue lo único que oyó Ilka—. Bien.

—¡Lo conseguiréis! —gritó Lennart desde la orilla. Al ver la dirección en la que nadaba Ilka, había ido con la bicicleta hasta allí. Se quitó las zapatillas de deporte y la camiseta de ciclista, y se internó en el agua tendiendo los brazos hacia las chicas. Cuando el agua le cubrió casi hasta el cuello, Ilka lo alcanzó.

—¡Aquí ya se toca el fondo! —la tranquilizó.

Agradecida por su ayuda, Ilka le entregó a la chica y jadeó en busca de aire. Lennart siguió tirando de la joven hacia tierra, pues esta era incapaz de ponerse de pie, ni siquiera en agua poco profunda. Completamente agotada, se dejó arrastrar hasta la orilla y allí se puso a toser. Lennart la cubrió enseguida con su camiseta de ciclista y la recostó con cuidado sobre el suelo musgoso. La delicada chica se acurrucó dentro de la camiseta. Temblaba y le castañeaban los dientes. Los labios se le habían puesto morados. Continuó tosiendo muy bajito.

Linh había seguido con el catalejo todo el salvamento y, antes de ver el final, fue corriendo directa hacia la señora Kick. Llegó al campamento casi al mismo tiempo que Yabali y los dos contaron lo sucedido.

Durante unos segundos, la señora Kick se quedó más pálida que un fantasma. Pero enseguida reaccionó. Cogió el móvil para llamar a una ambulancia, pero al echar un vistazo a la pantalla se acordó de que allí no había cobertura.

—¡Demonios! —maldijo en voz baja—. Estos chismes funcionan siempre cuando no se necesitan, y cuando es importante no sirven para nada.

—Déjemelo —le propuso Yabali—. Correré hasta la carretera y llamaré desde allí una ambulancia. Allí sí hay cobertura.

La señora Kick se lo agradeció aliviada y le dio el móvil a Yabali.

—¡Vamos, indícame dónde están! —le pidió a Linh.

Linh corría lo más rápido que podía. Por desgracia, no era una buena corredora. Era un as en las artes marciales y una excelente gimnasta. Era ágil y bastante fuerte. Pero no se la podía considerar una velocista.

La señora Kick no dejaba de meterle prisa todo el tiempo.

—Vamos, vamos, Linh, más rápido. ¡Tú puedes!

Linh tenía la sensación de estar realizando su mejor marca de carrera en aquel trayecto, pero no se quejó. Sabía que ayudar a la joven desconocida podía ser una cuestión de segundos.

Cuando llegó a la zona del accidente, la señora Kick comprobó aliviada que la chica estaba sentada junto a Ilka.

—Está un poco mejor—informó Ilka inmediatamente para que no se alarmaran.

—Gracias a Dios —susurró Linh casi sin aliento, a la vez que se inclinaba hacia delante, apoyaba las manos en los muslos y resollaba en busca de aire.

Entonces Lennart señaló hacia el lago. Frauke continuaba en el agua y miraba a su alrededor sorprendida.

Hasta el momento del viraje, había sentido que iba en cabeza y pensó que tenía posibilidades de ganar. Pero a mitad del trayecto de vuelta, se dio cuenta de que nadaba sin competencia, y de que los ojos y la atención de todo el mundo no se dirigían a ella, sino a algo que sucedía cerca de la orilla.

—Yabali ha ido a llamar una ambulancia —le dijo la señora Kick a la chica para tranquilizarla, poniéndose en cuclillas junto a ella. Intentó tomarle el pulso, pero esta retiró el brazo.

—¿Para mí? —preguntó asustada—. Estoy bien. ¡No necesito ninguna ambulancia!

Pero su aspecto mostraba lo contrario. No dejaba de temblar, a pesar de que la señora Kick le había enrollado una toalla grande alrededor del cuerpo. Estaba muy pálida, con los labios morados, y muy débil. Tenía los ojos rojos.

—Créeme, eso lo valorará mejor un médico —la contradijo la señora Kick, que señaló después a Ilka—. Por cierto, quien te ha salvado es Ilka.

—¿Salvado? —la chica repitió la palabra, como si la señora Kick hubiese soltado un exabrupto.

Ilka se alegró al saber que, de un momento a otro, llegaría un médico a examinarla.

—¿Cómo te llamas tú? —le preguntó.

—Thuy.

—¡Qué apropiado! —Linh no se pudo contener.

—¿Por qué? —preguntó la señora Kick.

—Thuy es vietnamita y significa *agua* —explicó Linh.

La chica escuchó a Linh asombrada de lo bien que conocía los nombres vietnamitas.

—Mi tía también se llama así —añadió Linh—. Yo soy Linh.

—¡Flor de loto! —tradujo Thuy.

La señora Kick miró interrogativa a Linh:

—¿De verdad?

Linh asintió con la cabeza y sonrió.

—¡Qué nombre tan bonito! —opinó la señora Kick, que se giró de nuevo hacia Thuy—. ¿Qué ha pasado?

Thuy se encogió de hombros.

—De pronto no pude seguir nadando. Como si se me hubiera enredado un alga.

—Aquí no hay algas —aseguró Ilka. Se había informado sobre todas las peculiaridades del lago y si era apto para bañarse. Lo había convertido en costumbre desde que hizo un curso de socorrismo. Y no había leído nada sobre la existencia de algas en ese lago.

—No, no —precisó Thuy—. Lo he dicho simbólicamente. No podía nadar ni un centímetro. Como si mis brazos y mis piernas fueran de plomo. De repente me quedé sin fuerzas.

—Como si te quedaras sin pilas —comentó Lennart—. Conozco esa sensación. Es igual que cuando te da una pájara.

—No, por suerte con la pájara te quedan fuerzas para pedir ayuda —le recordó Ilka.

Thuy asintió pensativa.

La ambulancia apareció por el camino del bosque. El copiloto se bajó con un maletín y fue directo hacia Thuy:

—¿Eres tú quien necesita ayuda?

—Sí. Gracias a Dios, no ha sido tan grave —confirmó la señora Kick.

El sanitario tomó el antebrazo de Thuy y le enrolló un brazalete.

—Es para medirte la presión sanguínea. ¡No tengas miedo! ¡No duele!

Bombeó aire al brazalete para ceñirlo al antebrazo de la joven.

—Gracias —dijo Thuy aliviada. El miedo fue desapareciendo lentamente de su cara.

—¡Todo está bien! ¡Entre todos lo hemos conseguido! —Ilka dio unas palmaditas de ánimo a Thuy en la espalda.

—Tu presión sanguínea está bien. ¿Te duele algo? ¿La cabeza? ¿Pinchazos en el pecho? ¿Has tragado mucha agua? ¿Náuseas?

—No, no. ¡Estoy bien! —respondió Thuy.

—¿La salvaste tú? Enhorabuena —dijo el sanitario mirando a Ilka.

Esta asintió con la cabeza. Se sentía orgullosa, claro, de que el salvamento hubiera salido bien.

—Aunque eso no es del todo exacto. Mis amigos, Lennart, Linh, Yabali y Michael, también han ayudado.

—¿Dónde están tus padres? ¿O vienes con la clase? —le preguntó la señora Kick a Thuy.

—No, no, con mi padre. Está pescando, al final del lago.

—Te llevaremos con él —le prometió el sanitario, e intentó ayudar a Thuy.

Pero la chica no quiso.

—¿Es necesario? —preguntó.

—Sí, es necesario —afirmó el sanitario—. Tenemos que hacer un par de trámites. También con usted, señora...

—... Kick —dijo la profesora—. Estoy acampada allí detrás con mis alumnos.

El sanitario asintió con la cabeza.

—Bien, primero llevaremos a la niña con su padre. Después nos acercaremos para realizar los trámites con usted. —El sanitario levantó a Thuy por el brazo—. Te ayudaré a subir a la ambulancia.

Linh se dio cuenta de lo molesto que era para Thuy que la llevaran donde su padre en ambulancia.

—¿Puedo ir yo también? —preguntó deprisa, mientras hacía ademán de subirse al vehículo.

—¡Y yo! —exclamó Ilka—. ¿O tengo que ir nadando? —preguntó, sentándose ya junto al sanitario.

A Thuy se le iluminó la cara. Parecía un poco más aliviada.

Mientras tanto, Michael, con la ayuda de Yabali, había vuelto a bajar de los peñascos hasta el camino de la orilla del lago. La ambulancia pasó justo a su lado. Michael descubrió a Linh y a Ilka en el interior y las saludó con la mano. Acto seguido, la ambulancia se detuvo y, tras un breve intercambio de palabras, Michael subió también en ella. Yabali prefirió ir corriendo.

—¡Él fue quien me guio hasta ti! —dijo Ilka orgullosa, empujando con el dedo índice el torso musculoso de Michael.

Thuy sonrió por primera vez.

Cuando llegaron a la zona de pesca, Thuy señaló a un hombre que estaba sentado en una silla a unos metros de la orilla. Oculto, casi invisible entre los matorrales, no se movía ni un milímetro sobre su silla de pescador.

—¿Tenemos que contárselo a la fuerza? —Thuy miró esperanzada.

—¡Sí, es importante! —dijo el sanitario, sacando distintos papeles de su bolsillo.

Thuy soltó un suspiro y se acercó a su padre de mala gana.

—Cuando duerme, podría pasar delante de él toda una regata.

Se colocó a su lado y lo sacudió suavemente. Nada.

Después un poco más fuerte. Tampoco. La cabeza le colgaba hacia delante.

«¡Plas!». Linh le dio una palmadita en la mejilla izquierda.

«¡Plas!». Otra en la mejilla derecha.

No mostró reacción.

Decidió golpearle de nuevo en la parte izquierda del rostro; entonces el hombre dijo algo ininteligible y, entre medias, el nombre de Thuy.

Seguidamente, levantó la cabeza y le sonrió con picardía. Al darse cuenta de que su hija no había venido sola, sino que la acompañaban otras personas, entre ellas un sanitario, abrió los ojos de par en par y preguntó algo que nadie entendió, excepto Linh.

Thuy señaló a Ilka y explicó a su padre en voz baja lo que había ocurrido.

Por fin este se levantó y, alzando el dedo índice derecho, empezó a reñir a su hija. La regañaba muy enfadado y sin descanso, casi sin respirar. Era imposible imaginar que hasta ese momento hubiera estado durmiendo apaciblemente bajo el sol.

El sanitario estaba allí parado, completamente perplejo.

Ilka y Michael tampoco sabían qué hacer, aparte de abrir la boca sin decir palabra.

Linh intentó tranquilizar al padre de Thuy en su lengua común, pero fue imposible. Incluso ella, que tenía un gran talento como mediadora, no pudo detener su ira.

El hombre tenía la cara roja como un tomate, y ahora también gritaba a Linh.

Aunque Ilka no comprendía ni una palabra, entendió por qué Thuy quería evitar que le contaran a su padre lo ocurrido.

Por fin el sanitario tomó la iniciativa, se colocó entre Thuy y su padre, levantó las manos de manera protectora y empezó a gritar al padre:

—¡Escúcheme usted! ¡Su hija ha estado a punto de ahogarse y usted le riñe!

El sanitario no sabía si el padre lo comprendía. Por eso utilizó un ruido que se entiende casi en todo el mundo:

—¡Shhhh! —Se puso delante del padre de Thuy, colocó las manos sobre su pecho con suavidad y siguió repitiéndolo en un tono tranquilo—. ¡Shhhh! —continuó como una máquina. El padre de Thuy no entendía lo que pasaba, pero detuvo su verborrea.

Por el contrario, Ilka comprendió enseguida lo que hacía el sanitario. Por su curso de socorrista, sabía por qué intentaba calmar al padre de Thuy de aquel modo.

Posiblemente había entrado en una especie de estado de *shock* al darse cuenta del peligro que había corrido su hija. Consiguió al fin tomar aire, mientras se disculpaba sin parar; el miedo por su hija le había paralizado la respiración.

—¡Shhhh! —volvió a repetir el sanitario. Su intervención tuvo efecto. Cuando volvió a retirar las manos, el padre de Thuy se quedó tranquilo—. Su hija está a salvo. ¡No ha pasado nada! —puntualizó—. ¡No ha pasado nada!

Linh lo tradujo.

El padre inclinó la cabeza.

—¿Lo ha entendido? —insistió el sanitario.

Linh volvió a traducir.

El padre asintió con la cabeza.

Thuy se pegó a su padre y lo agarró de la mano. Le susurró algo al oído y él se tranquilizó del todo. Parecía otra persona. En silencio y con humildad, mostró su agradecimiento con una inclinación de cabeza al sanitario; después les dio la mano a Ilka, Linh y Michael. Finalmente colocó el brazo alrededor de los hombros de Thuy y se inclinó ante los demás. Una lágrima se deslizó por su mejilla.

—Está bien —murmuró el sanitario—. Ahora voy a necesitar algunos datos.

Una vez aclarado todo con la ayuda de Linh, los chicos abrazaron con cariño a Thuy, deseándole todo lo mejor, y Linh le susurró al oído que se pasara por el campamento aquella misma tarde para la fiesta.

Thuy asintió agradecida y susurró:

—Nosotros también estamos acampados ahí, en el extremo de arriba. Pero seguro que mi padre hoy no me quita el ojo de encima.

Después de tanta agitación, Ilka disfrutó al fin de estar tumbada en la hierba sin pensar en nada. Quedaba mucho tiempo hasta la tarde, así que podía tranquilamente desconectar de todo. Con la mirada fija en el cielo, contemplaba las nubes. Le encantaba imaginar figuras.

Yabali lo sabía. Miró a Ilka y se tumbó junto a ella. Ilka le desveló lo que estaba viendo:

—¡Un camello con sombrero! —señaló hacia una figura blanca que estaba justo encima de ellos.

Yabali se rio. Contempló la nube con más detenimiento y concluyó:

—¡En todo caso, al revés! ¡Un sombrero con camello!

—¡Mira, el camello pierde el sombrero! —Ilka siguió con su imagen, a la que Yabali volvió a dar la vuelta:

—No, el sombrero pierde al camello.

—¡Qué tontería! —opinó Ilka, pero se interrumpió y advirtió—: ¡Atención! ¡Un camello sobre dos patas!

Ante ella estaba Frauke de pie, con las piernas separadas y los brazos en jarras:

—Creía que íbamos a repetir hoy nuestra pequeña carrera. ¿O te echas atrás?

—¡Por cierto, un camello sin ojos ni orejas! —mencionó de paso Ilka a Yabali, antes de girarse lentamente hacia Frauke—. ¿O cómo me explicas no haber visto ni oído nada del accidente en el lago? ¡Grité como una loca, pero tú seguiste nadando!

—No oí nada —afirmó solemne Frauke—. Creo que estás escaqueándote, porque sabes que iba a ganar yo.

—Y además un camello sin cerebro —le dijo Ilka a Yabali.

—¡Eso no es correcto! —corrigió Yabali—. Los camellos son animales humildes, grandes y fuertes, cargan pesos y personas con paciencia. ¡No puede decirse eso de Frauke! Tiene menos sensibilidad que un pedrusco.

Ilka se rio. Frauke se puso furiosa.

—Déjate de chorradas. ¿Entonces qué? ¿Competimos o ya no te atreves?

—Esfúmate, Frauke —le gruñó Ilka—. No creerás en serio que voy a competir contigo otra vez, después de lo que acaba de pasar.

—¡Gallina! —bufó Frauke.

Linh se acercó, y haciendo caso omiso de la presencia de Frauke, se dirigió a Ilka.

—Ah, aquí estás. Quería hacer una foto de la heroína del día.

—¿De mí? —se extrañó Frauke.

Linh miró a Frauke como si fuese un extraterrestre.

—¿Te ha dado una insolación? —preguntó Yabali—. Hablamos de la heroína, ¿te enteras?, no de alguien que desaparece cuando se la necesita.

—Voy por mi cámara —dijo Linh y se marchó a toda prisa.

Yabali volvió a tumbarse de espaldas y miró las formaciones de nubes por encima de Frauke.

—Frauke, me estás quitando el sol. ¿Por qué no te marcas el récord mundial de inmersión?

—Buena idea —lo apoyó Ilka—. Y mejor si te sumerges en el agua hasta que acabe el fin de semana y no te dejas ver más.

—Os vais a arrepentir —los amenazó Frauke.

En ese momento llegó Linh muy nerviosa con su mochila.

—¡Ha desaparecido! —gritó—. ¡No está! ¡Me la han robado! ¡No me lo puedo creer! ¡Me la han robado!

Yabali e Ilka se incorporaron al mismo tiempo. Linh pocas veces perdía los nervios.

—¡Mi cámara ha desaparecido! —se lamentó desesperada—. ¡Ha desaparecido! ¡No puede ser verdad!

«Y todas las fotos que saqué con ella —pensó Ilka con pesar—: Michael de *cowboy* detrás de las llamas de la hoguera, el oasis de la isla al ponerse el sol, la superficie del agua del lago agitada por el viento».

Le había salido muy bien una instantánea de Michael haciendo un salto de bala de cañón en el agua. E incluso había fotografiado a Frauke realizando un salto de carpa bastante bien conseguido, tenía que admitirlo. Por supuesto, mucho peor que la pérdida de las fotos era que Linh se había quedado sin cámara. ¿Un ladrón en la clase? Ilka no podía creerlo. ¿De quién se podría tratar si no? ¿De otros campistas? Con el nerviosismo del salvamento, las pertenencias se habían quedado sin vigilancia.

—La llevaba conmigo durante la carrera de natación. ¡Quería sacar fotos al pez Ilka!

La cámara de Linh no fue la única pérdida. Media hora después Frauke apareció gritando muy alterada:

—¡Me falta el iPod! ¿Alguien ha visto mi iPod? Estaba en mi bolsillo, estoy segura, pero ya no está. ¡Mierda! ¡Hay un ladrón!

Para Los Cinco Cracks algo estaba claro: no podía tratarse de una casualidad. Alguien se había despachado a gusto con las cosas de Linh y de Frauke. ¡Y quién sabe qué más cosas habrían desaparecido!

4 MÁS INCIDENTES

Por suerte, el resto del fin de semana transcurrió sin más incidentes. El balance de Ilka sobre la excursión fue: poco tiempo para disfrutar nadando, pelea con Frauke, un ladrón en la clase. Aunque también habían pasado una agradable tarde comiendo salchichas a la parrilla y oyendo música *country* que Michael había tocado con su guitarra. Ilka se sentía muy orgullosa de sí misma por haber salvado a Thuy, pero le intranquilizaba que no hubieran atrapado al ladrón. Y sabía que Frauke no iba a dejarla en paz. Aunque se había mantenido lejos de ella durante el resto de la excursión, tenía la seguridad de que la siguiente desavenencia estaba al caer.

Nada más regresar de la acampada, Ilka participaba en un precampeonato. Estaba nerviosa, como siempre que entraba en la piscina para participar en una competición de natación. Subió el volumen del mp3 para aislarse de las influencias del entorno y poder concentrarse en sí misma y en la carrera. Así, protegida del mundo exterior, entró en los vestuarios, se cambió y pasó junto a las duchas en dirección a la piscina. Se retiró a una esquina solitaria y empezó a realizar diferentes ejercicios de calentamiento, como de costumbre. Era el momento de preparar las articulaciones y los músculos para el esfuerzo que estaba a punto de realizar. Colocó la mano derecha entre los omóplatos y presionó el codo hacia abajo con la mano izquierda.

Podía estar tranquila con las chicas de la clase contrincante. Pero eso no la ayudaba. Ella era la favorita en las carreras de más de cien metros de estilo libre. Sin embargo, sentía como una congregación de bichitos correteando alocadamente de un lado a otro de su estómago. Sentía un gran hormigueo y le rugían las tripas. Ilka sabía que aquel malestar solo se resolvía de una forma: nadando.

Cuando las puntas de sus dedos tocaban el agua, los hormigueos de la barriga cesaban al instante, como si los bichitos tuvieran miedo de ahogarse. Dentro del agua, Ilka estaba en su medio natural. Allí ella reinaba sobre su cuerpo y sus movimientos. Los primeros metros pasaban siempre muy rápido. Se concentraba en cuerpo y alma, intentando encontrar lo más rápido posible el ritmo adecuado.

Terminó los ejercicios de calentamiento y saltó en diagonal al agua, para nadar un poco antes de la carrera. Entonces descubrió a Thuy al otro lado, a unos pasos de la piscina. Hubiera querido ir hasta allí para preguntarle qué tal estaba, pero el calentamiento estaba a punto de acabar y pronto comenzaría la prueba. Esperó encontrar más tarde una oportunidad para hablar con ella. Además, vio que Lennart se acercaba a Thuy por detrás y le palmeaba la espalda. La joven se giró y durante un momento Lennart simplemente se la quedó mirando.

Ilka sonrió con picardía. Le hubiera encantado oír la conversación pero tenía que concentrarse en la carrera.

Mientras tanto, Lennart se esforzaba en entablar conversación con Thuy.

—Eh, esto... —balbuceó—. ¡Me alegro de verte otra vez! ¿Vas a participar?

«Qué pregunta tan tonta», pensó en ese mismo instante. ¡Thuy, a quien acababan de salvar hacía poco del agua! Además estaba en vaqueros y camiseta y no con el traje de baño. ¿Cómo iba a participar así? Seguramente había venido como espectadora, lo mismo que él. Lennart se mordió el labio.

«¡Primero piensa y después habla!», se reprendió a sí mismo.

Pero a Thuy la pregunta no le pareció una tontería y contestó muy seria:

—Bueno, ¡me encantaría participar! Pero mis padres no me dejan nadar. ¡Desde el accidente del lago, me lo han prohibido estrictamente!

—Ajá —fue lo único que dijo Lennart. Podía entender a los padres de Thuy. Aunque, por otro lado, sabía que cuando ocurrían cosas de ese tipo había que continuar practicando para no vivir con el miedo a que se repitiera otra desgracia.

—... Por eso seguiré entrenando a bádminton, igual que mis hermanos y mis padres —añadió Thuy mirando a su alrededor—. Mi padre también ha venido. Quiere darle las gracias otra vez a Ilka y disculparse por haber sido tan rudo.

—¡Mal momento! —dijo Lennart. Con un movimiento de cabeza señaló hacia Ilka, que estaba dentro del agua.

Thuy comprendió. Fueron juntos hacia la tribuna, donde ya estaban sentados el resto de los Cracks.

Yabali, Michael y Linh se alegraron de volver a ver a Thuy, y la saludaron a voces desde los asientos.

—¡Thuy, ven con nosotros! Hay sitio.

En ese mismo momento, el padre de Thuy se acercó a ellos con un bonsái en las manos y le dijo algo a su hija.

Lennart no entendió nada. Thuy tampoco lo tradujo. En vez de eso, sacudió la cabeza y señaló a Ilka, que en ese instante salía del agua.

Thuy le guiñó un ojo a Lennart.

—¡Tienes razón! ¡No es un buen momento! Así que tendremos que ver la competición. Será mejor darle las gracias después, ¿no te parece?

Lennart lo entendió y asintió impetuosamente con la cabeza, posando su mirada en el padre de Thuy. Quería que la chica se sentara con ellos. Su padre cedió y se sentó junto a Linh, con el bonsái sobre el regazo.

—¡Oh, un *carpinus betulus*! Es un ejemplar muy bonito. Tiene una forma muy armónica —dijo Linh, entusiasmada, en vietnamita. Aprovechaba cualquier oportunidad para hablar algunas palabras en su idioma materno. Y sobre bonsáis siempre podía explayarse—. ¡En serio! El fuerte carácter de ese abedulillo está modelado con mucha sensibilidad.

Durante un segundo se asomó un gesto de asombro en la cara del padre del Thuy; después volvió a mirar hacia otro lado, removiéndose inquieto en su asiento. Aunque la carrera estaba a punto de comenzar, se inclinó hacia su hija, le susurró algo al oído y desapareció sin decir palabra.

—¿Qué le pasa? —preguntó Linh preocupada—. ¿He dicho algo malo?

Thuy negó con la cabeza.

—Dice que se asfixia con este aire. Vuelve enseguida.

De pronto Frauke apareció ante Linh.

—¡Toma mi cámara y haz un vídeo de la salida! ¿Aún no tienes otra de repuesto, no? —le dijo sonriendo a Linh.

—¡Muy amable! —se alegró Linh, que nunca hubiera esperado un gesto así de Frauke. Agarró la cámara agradecida.

—¡Menuda víbora! ¡Creída! —gruñó Michael.

Thuy observaba todo lo que pasaba en la piscina, sin perderse detalle.

—¡Nadar era también mi gran sueño! —dijo de pronto para sí misma, suspirando bajito.

Lennart la oyó, aunque esta vez prefirió permanecer callado: no quería arriesgarse a hacer algún comentario inapropiado.

Ilka estaba ya ante el trampolín de salida. A su derecha competía una chica que hasta ahora nunca le había supuesto un gran peligro. Pero a su izquierda saldría Frauke, cuyo deseo de victoria recorría todo su cuerpo. Ilka evitó mirarla, aunque sentía que Frauke, que acababa de colocarse, la estaba traspasando con los ojos.

A Linh tampoco se le escapó aquella mirada.

—¡Hubiera preferido grabar la salida con mi cámara! —se lamentó. No sabía cuándo tendría una nueva. El seguro no quería indemnizarla, porque la cámara no estaba guardada en un lugar seguro. ¿Y cómo iba a estarlo, en una acampada? Sin embargo, en el fondo, Linh esperaba un pequeño milagro.

El árbitro indicó a las nadadoras que se colocaran en posición de salida.

—¡Ya empieza! —gritó Michael—. ¡Ojalá que Ilka le dé una paliza a Frauke!

Las ocho chicas se colocaron con la espalda inclinada hacia delante y las manos junto a los pies.

Linh apretó el botón y la luz de grabación parpadeó. Se oyó la señal de salida.

Las chicas saltaron al agua, lo más lejos posible, sin sumergirse mucho para no perder demasiado tiempo y energía al emerger de nuevo.

Las miradas de los cuatro amigos y de Thuy estaban fijas en la cuarta calle, la de Ilka, la de la favorita. A su lado, por la quinta calle, corría Frauke, que se había clasificado con la segunda mejor marca. Teniendo en cuenta los mejores tiempos de las ocho nadadoras, la carrera se resolvería entre Ilka y Frauke.

La salida y el viraje eran los puntos fuertes de Ilka. Si conseguía una buena salida, disfrutaría de una ventaja de uno o dos metros desde el inicio.

—¡Allí! —Michael dio un salto excitado al ver la cabeza de Ilka salir la primera del agua. Frauke la seguía de cerca.

Linh volvió a presionar el botón del vídeo para detener la grabación. Quería ver y apoyar a Ilka sin perturbaciones.

Desde su asiento en la tribuna, era imposible determinar quién llevaba la punta de la nariz o, para ser más exactos, de los dedos, por delante, si Ilka o Frauke. La distancia era mínima. Nada cambiaría hasta el viraje. Ilka no conseguía ponerse a la cabeza.

—¡Venga, Ilka! —gritó Yabali—. ¡En el viraje lo conseguirás! ¡Vamos! ¡Sigue! —Cruzó los dedos y agitó los puños.

—¡Tú pueeeedes! —vociferó Michael.

Lennart tenía en sus manos una carraca que hacía girar a una velocidad supersónica y Thuy, asustada, se tapaba los oídos.

—¡Ilkaaaaa! ¡Ilkaaaaa!

Ilka y Frauke viraron al mismo tiempo, aunque Ilka fue un poco más rápida. Después del giro había ganado una ventaja mínima, pero visible.

—Está aumentando la velocidad. ¿Lo veis? —Yabali empezó a batir sus palmas y a dar pisotones en el suelo al ritmo de las brazadas, como si de ese modo Ilka pudiera impulsarse más.

—¿Un *sprint* después del viraje? —se asombró Thuy—. ¡No le van a llegar las fuerzas!

—¡Claro que sí! —la contradijo Michael—. No conoces bien a Ilka.

¡Sí que la conocía! Le debía la vida a Ilka, con su fuerza y perseverancia. Pero tenía la impresión de que Ilka había iniciado el *sprint* demasiado pronto. Así lo expresó.

Linh se extrañó de los enormes conocimientos que Thuy tenía sobre el tema, algo asombroso para alguien a quien no permitían nadar.

—¡Ilka! ¡Lo conseguirás! ¡Ilka, Ilka! —gritaba Michael lo más fuerte que podía.

Ahora ninguno estaba sentado. Saltaban, gritaban y vociferaban juntos para apoyar a Ilka en los últimos metros.

—¡Ilka, Ilka! ¡Ilka, Ilka!

¡Toque de meta de Ilka!

¡Toque de meta de Frauke!

¡Lo había conseguido! ¡Había ganado a Frauke! Por una décima de segundo, pero la victoria estaba clara. Y eso mostraba el tablero electrónico que un empresario de aparatos tecnológicos había regalado a la escuela. La calle cuatro aparecía en letras mayúsculas, arriba del todo. ¡Victoria de Ilka!

Frauke golpeó varias veces con el puño el agua, como si la superficie se hubiera helado y quisiera hacer un agujero para pescar. Sacudió la cabeza y le dijo a Ilka muy enfadada:

—Fue una salida nula. Saltaste demasiado pronto.

—En comparación contigo, cualquiera salta demasiado pronto, Frauke —se defendió Ilka del malicioso ataque—. Antes de que te metas en el agua, yo ya me he secado el pelo con el secador.

—¡Bah! —Frauke volvió a golpear el agua furiosa, dio un resoplido y salió de la piscina.

Ilka tenía la cara resplandeciente. Estiró el brazo con el puño de la victoria hacia la tribuna, donde sus amigos aplaudían de pie.

Ilka les hizo un gesto de que iba a darse una ducha rápida, vestirse y volver a la tribuna.

Linh le contestó con otras señas, que significaban algo como: «¡De acuerdo, te esperamos!».

No habían pasado ni quince minutos cuando Ilka se reunió con su pequeño grupo de admiradores.

—¡Le has dado una buena lección a esa hiena! —bromeó Yabali malicioso, chocándole la mano para felicitarla.

—Las hienas no son animales de agua —comentó Ilka siguiéndole la broma. Después recibió las felicitaciones de Michael, Lennart y Linh. Se alegró mucho de que Thuy estuviera también allí. La joven le dio un empujoncito a su padre en el costado y este le tendió el bonsái a Ilka.

—¿Para mí? —preguntó Ilka—. Pero si los bonsáis son...

Linh le dio un pisotón. Ilka pudo pararse en mitad de la frase y de este modo no ofendió sin querer al padre de Thuy.

Este había aprendido un par de palabras en alemán:

—¡*Pol salval* a mi hija! —dijo.

—¡Gracias! —exclamó Ilka contenta, y le tendió la mano. Pero parecía que el hombre consideraba haber cumplido ya su deber: se giró sin decir palabra y se apresuró hacia la salida.

Thuy se encogió de hombros a modo de disculpa y después se fue detrás de su padre.

—¿He hecho algo mal? —preguntó Ilka a los demás.

Linh sacudió la cabeza.

—Yo también pensé eso antes.

—Se comportan de un modo un poco raro —dijo Lennart.

—Pero son majos —comentó Ilka mirando el bonsái que tenía en la mano. Le tendió la planta a Linh—. ¿Quieres quedártelo?

—¿En serio? —se sorprendió Linh.

—Contigo estará mejor —aseguró Ilka.

—¡Gracias! —Linh se puso muy contenta—. ¡A cambio os invito a tomar algo! —Y salió corriendo hacia la máquina de las bebidas.

Por el camino se topó de frente con Frauke.

—¿Habrás grabado la salida, verdad? —inquirió. Su tono ya no era tan amigable como antes de la carrera.

—Sí. —Linh le alargó la cámara.

Frauke cogió la cámara y siseó furiosa:

—¡Salida nula, fue una salida nula! ¡Ahora lo veremos! —le escuchó decir Linh mientras se alejaba.

Linh continuó su camino hacia la máquina de las bebidas. Ya se disponía a introducir el dinero para sacar, como había prometido, unos refrescos para sus amigos, pero nada más extraer la cartera del bolsillo se quedó horrorizada al ver el interior.

—¿Qué, tu cartera también está vacía? —preguntó Michael a su espalda—. Como la mía. ¡Las zapatillas nuevas de escalada me han dejado sin blanca!

—¡No lo entiendo! —exclamó Linh—. Metí veinte euros en la cartera antes de salir de casa. —Le enseñó a Michael la cartera vacía.

—¡Ya lo digo yo! Las carteras tienen agujeros invisibles. Igual que los agujeros negros del espacio. Se lo tragan todo.

—¡Qué tontería! ¿No tienes una explicación mejor? —protestó Linh.

Michael se encogió de hombros.

—Pues si tú no te has gastado el dinero, solo puede tratarse de un robo.

—¿Un robo? —gritó Linh horrorizada—. Sí, pero... —se interrumpió, acordándose de que aún no habían pillado al ladrón de la acampada. Pensó concentrada—: ¿Cuándo? ¿Dónde? ¿Y cómo, sin que me haya dado cuenta? ¡Primero la cámara y ahora el dinero! ¿Por qué siempre a mí?

—¿Te cuento lo que creo yo? —preguntó Michael cauteloso.

—¿Tienes alguna sospecha? —se asombró Linh. Michael nunca había opinado sobre el asunto. Ni siquiera durante la excursión con la clase.

—¡Pero solo si me prometes que no te vas a enfadar después conmigo! —exigió Michael.

—¡No, claro que no! Prometido. ¡Venga, dímelo! —lo animó Linh.

—Bueno... Yo creo... Bien, siempre que Thuy está cerca de nosotros... —vaciló un segundo. Ya casi habían llegado a la tribuna donde estaban sus amigos.

—¿Qué? —preguntó Linh.

—... que desaparece algo.

—¿Y? —Linh seguía sin ver la relación, ni siquiera sospechaba dónde quería ir a parar Michael.

—Y siempre está su padre con ella. ¿Podría ser que... Thuy nos distraiga mientras su padre roba? —supuso Michael.

—¿Cómo? —Linh se puso furiosa—. ¡Tú no andas bien del coco! ¿Crees que Thuy y su padre son una pareja de ladrones?

Para Linh el caso estaba cerrado. Sacudió enérgica la cabeza.

—¡Me prometiste que no te ibas a enfadar! —le recordó Michael.

—¡A mí también me parece una tontería! —afirmó Ilka.

¡Ella no había salvado a ninguna ladrona! No, Michael se equivocaba. Yabali tampoco quería saber nada de la sospecha de Michael.

—Pues yo no he visto que ellos estén siempre que algo desaparece —dijo—. Y aunque así fuera, ¡se trataría de una estúpida casualidad!

—¿Ah, sí? ¿Y cómo puede ser? —preguntó Michael.

—Solo porque no se te ocurre otra cosa, le cargas las culpas a Thuy —lo riñó Linh—. Seguro que alguien anda sugiriendo que todos los vietnamitas roban, ¿no? —Lo miró directo a los ojos.

Michael permaneció en silencio. Linh había olvidado por completo su promesa. Estaba muy enfadada.

Lennart se dio cuenta del alcance de la afirmación de Michael.

—¿También crees que el accidente del lago fue simulado, para que el padre pudiera robar?

Michael se encogió de hombros.

—De todas formas reaccionó de forma muy rara cuando llegó la ambulancia y el sanitario sacó los formularios, ¿no?

—¡Tú estás mal del coco! —gruñó Ilka.

¡Había salvado a una persona, no había caído en la trampa de unos ladrones!

Linh estaba desesperada. Primero había desaparecido el dinero y, después, uno de sus mejores amigos afirmaba algo terrible: el salvamento, el regalo. ¡Las dos cosas eran solo maniobras de distracción!

—¿Y yo qué culpa tengo de que sea vietnamita? —se defendió Michael—. ¡También puede ser una ladrona!

—¡Chalado! —siseó Linh.

—¡Tú di lo que quieras! —añadió Ilka—. ¡Yo no pienso apoyar las sospechas de un chiflado! ¡Voy a entrenar a Thuy!

—¿Eh? —se asombró Michael—. ¿Cómo que a entrenarla?

Para los demás también era una novedad.

—Ahora por fin os lo puedo contar —anunció Ilka—, aunque hubiera preferido una ocasión mejor.

Thuy le había pedido que tuviese máxima discreción y ella lo había respetado. Pero entre Los Cinco Cracks no había secretos. O, para expresarlo mejor, un secreto estaba muy bien guardado entre Los Cinco Cracks y nunca saldría de su círculo.

—Thuy me llamó por teléfono y me lo pidió. Ya hemos quedado. Sus padres creen que me va a enseñar a jugar al bádminton. Pero en realidad yo le voy a enseñar a nadar a crol. Nadar es su gran sueño y hacen falta buenos nadadores de nuestra promoción en el colegio.

—¡Pues cuida bien de tus cosas! —le recomendó Michael, mordaz.

Linh e Ilka lo miraron furiosas.

—¿Y qué pasa con mi entrenamiento? —preguntó Yabali—. Prometiste enseñarme a nadar a mí, ¿no?

Ilka y él habían acordado hacer un intercambio de entrenamientos. A cambio, él la entrenaría en atletismo. A Yabali le gustaba estar con Ilka y hacía tiempo que quería participar con ella en un triatlón.

—¿Lo veis? Es práctico. Tendré dos alumnos al mismo tiempo.

Si después Lennart les enseñaba a imitar su técnica de bicicleta, podrían formar un equipo fabuloso.

5 DISCREPANCIAS

Ilka esperaba no haberse precipitado en la propuesta. Los entrenamientos con Thuy y Yabali le iban a llevar muchísimo tiempo, y tendría que sacarlo de sus propias horas de entrenamiento. Quería empezar a correr con Yabali después de los campeonatos escolares de natación. Ilka se daba cuenta de lo mucho que Thuy deseaba ser una gran nadadora por la cantidad de veces que se quedaba en la piscina cubierta, en la piscina al aire libre o en el lago, a pesar de la prohibición de sus padres.

Hoy había llegado por fin el momento. Ilka había convocado a sus alumnos para el primer entrenamiento. Mientras los esperaba en el interior de las instalaciones, vio en el tablón de anuncios un papel nuevo, de color rojo y de gran tamaño.

¡CUIDADO, LADRONES!

> ¡Por circunstancias recientes, se recomienda no dejar las mochilas sin vigilancia y guardar las cosas de valor cerradas con llave!
> ¡Se ruega notificar urgentemente cualquier suceso extraño!
>
> El conserje de la piscina

Ilka sacudió la cabeza. La sospecha de Michael sobre Thuy y su padre se había clavado en ella como una espina en el corazón. Se propuso preguntar cuándo se habían producido los últimos avisos de robo. Tal vez los otros casos pudieran exculpar a Thuy y hacer desaparecer las injustas acusaciones.

—¿Y tú dónde guardas las cosas de valor? —preguntó Thuy, que acababa de llegar por detrás de Ilka.

Ilka se dio la vuelta.

—En mi armario o en una cajita sumergible. Pero solo la utilizo al aire libre.

—Entonces yo haré lo mismo —decidió Thuy.

Ilka asintió con la cabeza y miró alrededor buscando a Yabali. Entonces vio a Frauke nadando en la piscina. «Debe de haberse enterado», pensó Ilka. No recordaba haber visto antes a Frauke tantas veces en la piscina fuera de las horas de entrenamiento. Al parecer, Frauke había aumentado el tiempo de entrenamiento, aunque Ilka no lo sabía seguro, pues desde la excursión al lago hablaban entre ellas aún menos que antes. Se saludaron con la cabeza al pasar.

Thuy estaba en el otro extremo de la piscina, cuando Frauke salió del agua.

—¡Aquí estoy!

Ilka dio un respingo al oír a Yabali de pronto a su espalda, pero se recobró al momento y le devolvió el saludo. Quería empezar enseguida con el entrenamiento.

Súbitamente, Frauke apareció a su lado.

—¡Oye, Ilka! ¿No te he visto antes junto a mi bolsa?

Ilka no entendía de qué le estaba hablando.

—¡Mi CD de Robbie Williams ha desaparecido! ¡Desaparecido! ¿Qué raro, no?

—Sí —opinó Ilka.

—Y es aún más raro que estuvieras justo al lado de mi bolsa un poco antes.

—¿Al lado de tu bolsa? —preguntó Ilka perpleja—. ¿Se te ha ido la olla? ¡Yo no me he acercado a tu bolsa!

Frauke apartó la mirada de Ilka y miró desafiante a Yabali:

—¡Discutidlo entre vosotros! ¿Por qué ha desaparecido mi CD justo después de ver a Ilka junto a mi bolsa? Cuando me robaron el iPod, Ilka también andaba cerca. Tengo que avisar del robo al conserje.

Con estas palabras, dejó allí plantados a Ilka y a Yabali, y desapareció en dirección a los vestuarios.

Ilka se quedó muda; Yabali, pensativo. Michael había acusado a Thuy y a su padre con aquel mismo argumento. Estar cerca del lugar del robo al mismo tiempo que sucedía no demostraba nada. En el caso de Ilka estaba clarísimo. Yabali sabía que Ilka no soportaba a Robbie Williams, el cantante preferido de Frauke. Lo llamaba «guaperas». Lo último que Ilka le hubiera robado a alguien sería un CD de ese cantante. ¿Por qué insistía Frauke con tanta obstinación de la culpabilidad de Ilka?

Absorto en sus pensamientos, Yabali no se había dado cuenta de que Thuy e Ilka habían empezado el entrenamiento hacía un rato.

—Va muy bien soltar el aire debajo del agua. ¿Has visto? Así cojo el ritmo poco a poco. ¡Mi posición en el agua mejora y mis brazadas son más largas!

A pesar del entusiasmo de Thuy, Ilka no podía olvidar del todo las acusaciones de robo. Yabali se dio cuenta de que su amiga no estaba muy concentrada en el entrenamiento. Antes de que pasara una hora, Ilka se despidió y se metió en las duchas de chicas. La terrible sospecha se le había pegado en la piel como el cloro. Y no se quitaba tan fácilmente, con una simple ducha.

Esa misma tarde, Ilka se reunió con el resto de Los Cinco Cracks en la habitación de Linh, que parecía una auténtica selva. Quería hablar con ellos de las terribles acusaciones de Frauke. Los cinco se sentaron en círculo, como siempre, cada uno en su sitio habitual. Linh presidía la reunión sentada en posición de yudo sobre su futón, como era su costumbre si no hacía yoga, en cuyo caso se colocaba cabeza abajo, con el cuerpo apoyado contra la pared.

—¿Y cómo lo puedo remediar yo? —preguntó Ilka desesperada—. Frauke va andar contándolo por ahí. Aunque no tenga pruebas.

—¿Qué hacías junto a su bolsa? —indagó Lennart.

—¿Su bolsa? —contestó Ilka indignada—. Ni siquiera sé dónde estaba. ¡Se lo ha inventado! ¡Es despreciable!

—¿Y por qué no te defendiste? —sugirió Michael—. Si alguien me acusara de algo sin pruebas, le montaría una buena.

Antes de que Ilka pudiera contestar, Lennart se plantó delante de Michael.

—Ah, sí, ¿y cómo, listillo? ¿Ahora acusas a Ilka de no haber arrastrado de los pelos a Frauke hasta la piscina y haberle dado una zurra bajo el agua?

—¡Yo no he dicho eso para nada, imbécil! —se defendió Michael.

—Tú siempre con tus soluciones fáciles —le gruñó Lennart.

Linh intentó tranquilizar a los dos gallos de pelea.

—En cualquier caso, está claro que tus sospechas sobre Thuy fueron precipitadas e injustas —Linh miró seria a Michael.

Michael no contestó, pero se notaba que no estaba convencido.

—Aún no sé cómo —Yabali tomó la palabra—, pero tal vez podamos descubrir por qué de pronto hay tantos robos.

Linh permaneció en silencio. Lennart tampoco dijo nada.

—Está claro que cada vez que desaparece algo Thuy anda cerca —empezó otra vez Michael—. Y también Ilka —añadió.

Para Ilka, eso fue como una punzada en el corazón. Permaneció sentada junto a Michael, tiesa como un palo, sin decir ni pío.

—¿Estás loco? —contestó Lennart.

Yabali sacudió la cabeza sin entender nada.

—¿Qué pasa? —se defendió Michael—. Solo digo lo que es un hecho. ¿No estaba Ilka cerca cuando desapareció tu cámara? —le preguntó a Linh.

Ilka se apartó un poco de Michael.

—Y ahora desaparece algo en la piscina y las dos estaban otra vez allí: Ilka y Thuy. ¿Por qué no se defiende Ilka de las acusaciones?

—Creo que ahora se te ha caído un tornillo de verdad —lo increpó Yabali.

Yabali cogió a Ilka de la mano y tiró de ella hacia la puerta.

—Vamos —dijo—. No necesitamos estar más tiempo con ese chiflado.

—¿Qué pasa? —les gritó a los dos—. ¿Por qué os ofendéis?

Yabali se detuvo y se dio la vuelta.

—¿Ofendernos? —lo riñó—. Acusas de robo a uno del grupo. ¡Eso es lo último! ¿No creerás que Ilka es una ladrona?

—Yo no he dicho eso —aseguró Michael—. Sino que...

—Que, cada vez, tanto Ilka como Thuy estaban cerca —le recordó Linh.

—Exacto —repuso Michael, asintiendo a la vez con la cabeza.

—Bueno, esto ya es suficiente —opinó Yabali.

—Tal vez no se trate de una casualidad —dijo Linh, tranquila y seria.

—Ahora no empieces tú —la interrumpió Lennart.

Linh sacudió la cabeza con energía.

—No, pero puede que para el ladrón fuera importante que Thuy o Ilka estuvieran cerca por casualidad.

—¿Eh? ¡Eso no lo entiendo! —admitió Michael.

Lennart comenzó a comprender.

—¿Piensas que alguien quiere cargarle a Ilka los robos de la escuela?

—¡O a Thuy! ¡O a las dos! ¡Y el ladrón casi lo consigue con Michael! —continuó Linh.

—¡Para nada! —se defendió Michael.

—Pues entonces todo está bien —dijo Yabali. Le tendió la mano para hacer las paces y Michael, aliviado, se la estrechó enseguida.

Ilka inspiró profundamente. Sabía que si Frauke volvía a acusarla, no estaría sola. Tenía a sus amigos de su lado. O eso quería creer.

6 UN MOMENTO CRUCIAL

Thuy y Yabali realizaban sus largos despacio, concentrados en seguir lo mejor posible las instrucciones. Mientras Yabali luchaba con la respiración, el punto débil de Thuy era el recorrido de los brazos desde debajo del agua hasta la superficie.

Ilka observaba a sus alumnos a cierta distancia del borde de la piscina. Pensó que los dos estaban haciendo grandes progresos. Era una lástima que el padre de Thuy no pudiera ver lo bien que le iba el nombre a su hija, que en vietnamita significaba «agua». ¿Seguiría prohibiéndole nadar si viera el talento que tenía?

Contenta con las mejoras de Thuy y de Yabali, Ilka se zambulló y empezó su propio programa de entrenamiento. Se sentía un poco mal por ello. Enseñar a Yabali y a Thuy le quitaba un tiempo precioso de su propia preparación. Su entrenador lo había advertido. Ilka había puesto como excusa que tenía que estudiar para los exámenes, pero sabía que no podía seguir así mucho tiempo. Y naturalmente, tenía que estar en buena forma para el campeonato escolar. Por suerte, su entrenador no se había enterado de que ella también estaba ejerciendo de profesora. Temía que Frauke se chivara. Pero, en realidad, a Frauke le convenía que Ilka no apareciera regularmente en los entrenamientos.

Cuando volvió a emerger del agua, miró a su alrededor. No se veía a Frauke por ninguna parte.

«Por fin un entrenamiento sin ella alrededor», pensó Ilka, aliviada.

Se deslizó en el agua y dio las primeras brazadas.

«Inspirar».

Ilka miraba justo a la frontera entre la superficie del agua y el aire. Le gustaba aquel mundo entre la realidad y el sueño. Pero esta vez sus pensamientos permanecieron en la realidad. Los robos, y sobre todo las acusaciones dirigidas contra ella, no la dejaban tranquila.

«Espirar».

No sabía qué debía hacer. ¿Debía convencer al mundo de que era inocente o contentarse con que al menos sus amigos estuvieran de su lado?

«Inspirar».

Pero ¿lo estaban de verdad? La última vez que se habían reunido, se había desencadenado una discusión que le había dejado un regusto amargo. Michael había insistido una y otra vez en que ella andaba cerca en cada robo. Y tenía la impresión de que para Linh era más importante proclamar la inocencia de Thuy que la suya.

«Espirar».

Ninguno de sus amigos había pensado en serio en quién podía ser el ladrón. Parecía como si ya lo hubieran descubierto: ¡ella!

«Inspirar».

Ilka albergaba una sospecha en secreto.

«Espirar».

Pero por el momento no se lo revelaría a nadie.

—¿Has visto? —Thuy cruzó a la calle de Ilka. Levantó la cabeza radiante, arrancando a Ilka de sus pensamientos—. Lo hago mucho mejor, ¿verdad?

Ilka se detuvo.

—¡Sí, genial! —alabó a Thuy, aunque no había observado sus últimos largos.

—¿Y yo? —Yabali se acercó nadando por detrás.

Ilka se giró hacia él.

—¡Tú también, genial! —le confirmó Ilka—. Seguid repitiendo el ejercicio que os he enseñado. Y mejor tres veces por semana.

—¿Tres veces? —preguntó Yabali—. ¡También tengo que correr!

—Yo pienso hacerlo como mínimo cuatro veces —prometió Thuy, pero enseguida hizo una salvedad—. Si consigo venir sin que mis padres se enteren. —Su mirada voló al gran reloj, que colgaba en la pared frontal de la piscina cubierta. Sus ojos se dilataron asustados—. ¡Oh, maldita sea, tengo que marcharme!

Antes de que Ilka pudiera decir nada, Thuy se alejó nadando a crol a toda velocidad hacia el borde de la piscina y salió del agua.

—¡Hasta el próximo partido! —le gritó Thuy a Ilka guiñándole un ojo, y desapareció en los vestuarios.

—¡No te olvides de la raqueta! —Pero Thuy ya no la oyó.

La última vez, los padres de Thuy habían recelado cuando se dieron cuenta de que acudió sin raqueta al entrenamiento de bádminton. Había sorteado la situación con mucho esfuerzo, diciendo que Ilka tenía dos raquetas, y que ese día querían jugar las dos con el mismo modelo.

Yabali se quedó en la piscina. Últimamente se demoraba después de acabar el entrenamiento. Con su presencia, quería demostrarle a Ilka su apoyo. No podía hacer mucho más por ella.

—Voy a practicar algunos ejercicios más —prometió, y dejó a Ilka nadando en su propia calle.

Pero ella no lograba concentrarse en su entrenamiento. Pasados diez minutos, todavía no había encontrado su ritmo. Desde las acusaciones de Frauke y la posible desconfianza de sus amigos, todo había cambiado. Sus brazadas no fluían con la ligereza habitual. Ya no se sentía como un pez en el agua, sino más bien como una enorme ballena que atravesaba lentamente un río.

Hasta Yabali se dio cuenta de que sus fases de deslizamiento eran más cortas. Y a Ilka le quedaba solo un día.

Al día siguiente tendría lugar el último entrenamiento oficial antes del campeonato escolar. En él se disputaban también las posiciones para la importante carrera de relevos. Las cuatro primeras nadadoras entrarían en el equipo y, de ellas, la más rápida sería elegida para correr el último relevo de la prueba. Ilka se había hecho siempre con esta posición y estaba orgullosa de ello. Muchas veces había conseguido la victoria en los últimos metros, ganando una ventaja que parecía imposible. Esos eran siempre los mejores momentos; mucho mejor que vencer en una carrera individual. El resto de las posiciones en la prueba de relevos eran igual de relevantes, desde luego, pero la sensación de entrar en el agua para disputar el último relevo de la carrera... eso era algo diferente.

7 LA DECISIÓN

Ya en el bloque de salida, Ilka supo que aquel día todo sería distinto. Intentó convencerse de que estaba preocupándose sin necesidad. ¿Por qué no iban a salir bien las cosas? Aquella sensación se aferraba a ella como una terca garrapata a la piel.

En contra de su costumbre, lanzó una mirada a Frauke. Allí estaba, ¡tan segura de sí misma, decidida a ganar y con una concentración total!

Por el contrario, Ilka se sentía distraída, insegura y no en su mejor forma.

En su cabeza se formó el peor pensamiento que podía asaltar a un deportista justo antes de una competición: «¡Voy a perder!».

Y eso que ni siquiera era una competición de verdad, solo el último entrenamiento antes del campeonato escolar. Pero para Ilka aquel ensayo cobró la misma importancia que el campeonato que tenían por delante.

Llegó el momento. Ya no había vuelta atrás. Echó una última mirada a Yabali, que estaba apoyándola con Lennart desde la tribuna. Faltaban Linh y Michael.

«¿Por qué no están?», se preguntó Ilka, sintiéndose aún más insegura.

Sin embargo intentó alejar de su mente toda perturbación y concentrarse solo en aquellos cien metros, como hacía siempre antes de una carrera. Solo faltaban unos segundos para saltar al agua.

Y entonces empezó todo.

Sonó el silbato de salida. Ilka tuvo la impresión de que el pitido había dado un rodeo dentro del recinto antes de llegar a sus oídos. Cuando se dio cuenta de que arrancaba la carrera, vio a Frauke ya en el agua.

Ilka la siguió con un salto poderoso.

¡Hoy todo era distinto!

Frauke nadaba por delante. Ilka intentaba darle alcance. Aunque consiguió disminuir pronto la distancia con enormes brazadas, aquella caza para ganar terreno le estaba costando la fuerza que necesitaría para el final.

Y la imagen de Frauke nadando delante trajo a su memoria el accidente de Thuy. Thuy gritando socorro con voz lastimera. Los intentos inútiles de Ilka para que Frauke se detuviera. Los jadeos de Thuy mientras Frauke seguía nadando. El salvamento. El padre echándoles la bronca. El robo. La acusación de Frauke. La desconfianza de sus amigos.

Ilka miró un momento hacia delante a la calle contigua, y vio cómo Frauke viraba. ¡Ya!

La distancia había aumentado de forma dramática.

Ilka maldijo para sí. Concentró toda su rabia en las siguientes brazadas, sin respirar, para ganar el tiempo que había perdido. Hizo el viraje. ¡Por lo que vio, en cuarta posición! Eran seis nadadoras. Una catástrofe. Nunca había sido tan lenta. Era una cuestión de cabeza, lo sabía. ¿Qué podía hacer? No podía desenroscarse la cabeza y dejarla en el borde de la piscina durante el *sprint* final. La cabeza iba con ella.

«Maldición. Maldición. Maldición».

Ilka dejó a un lado el sentido común, sin importarle la distribución de las fuerzas ni la táctica. Ahora lo único que servía era nadar. Nadar y solo nadar. Y tan rápido como pudiera.

Y así fue adelantando.

Pasó a la tercera. Después llegó hasta la segunda. Se puso a su misma altura y también la adelantó.

Notaba el esfuerzo en los músculos. Le quemaban los brazos demasiado pronto. Frauke le sacaba unos metros, era imposible alcanzarla.

Pero no pensaba renunciar. No mientras no hubiera acabado la carrera.

Ilka volvió a la carga.

«Antes me ahogo que darme por vencida», se espoleó. Quería ganar a Frauke a toda costa.

No pensaba en otra cosa. Había recuperado la concentración, el deseo de ganar, la confianza en sí misma. Ilka luchaba, nadaba como si le fuera la vida en ello. O la de Thuy. Eso le había hecho sacar fuerzas de lugares insospechados anteriormente. Ahora también confiaba en disponer de esas reservas secretas de energía.

Frauke también lo daba todo, estaba en muy buena forma y sentía a Ilka a la altura de sus pies.

Ella también había echado por la borda cualquier táctica. ¡Allí estaba de nuevo! ¡El duelo entre Ilka y Frauke! Habían adelantado a todas las demás, que ahora nadaban muy por detrás de ellas.

Ilka avanzó unos metros. Podía ver la cara de Frauke al respirar. Vio en ella su indomable deseo de ganar y la seguridad en sí misma. Los brazos de Ilka se volvieron pesados como el plomo, estaban agarrotados. Ya no podía realizar brazadas largas y poderosas; al contrario, tenía que dar más brazadas y a más velocidad.

«¡No te rindas! —se dijo Ilka—. ¡No todo está perdido! Aún puedes conseguirlo».

Pero sus pensamientos de ánimo no la ayudaron. La potencia de Frauke succionaba su propia fuerza, como una sombra espantosa que la envolvía. Y no solo fuera de la piscina con sus mentiras, también allí, dentro del agua.

Ilka notó que ya no podía luchar contra el empuje de Frauke. No le quedaba ninguna reserva de energía. Estaba completamente agotada. Se vino abajo.

Y Frauke le mostró lo que ya era evidente: mantuvo el ritmo, mientras le sacaba la ventaja definitiva a su adversaria. Ilka tocó la meta extenuada.

¡Después de Frauke! ¡El entrenador lo señaló de forma inequívoca! ¡Había ganado Frauke! ¡La decisión estaba tomada!

A Frauke le brillaban los ojos. Estiró los brazos en el aire, triunfal, dirigiendo el puño izquierdo hacia Ilka. Cuando de pronto lo abrió, Ilka vio algo pintado en la palma de su mano. Al mirar mejor, reconoció una boca abierta de par en par sacando una gran lengua y encima las palabras: «¡¡Toma ya!!».

Por primera vez, Frauke había conseguido ganar a Ilka y todo el mundo lo vería en el gran campeonato escolar. ¡Sería ella, y no Ilka, la elegida para el relevo final en la carrera!

Yabali y Lennart habían contemplado el desastre sin decir palabra.

—¡Mierda! ¡Ilka invierte demasiado tiempo en vuestro entrenamiento! —dijo Lennart buscando una explicación apresurada y dando un codazo a Yabali en un costado.

«Puede que tengan algo que ver las acusaciones de robo», pensó Yabali. Posiblemente habían sometido a Ilka a una gran presión. Yabali sí creía que las acusaciones contra Ilka tenían relación con su repentina pérdida de fuerza.

—¿Es que no lo has visto? —le preguntó a Lennart—. ¡Esa no era la Ilka que conocemos! Estaba dentro del agua como una tabla, rígida e inmóvil.

—Ya, como tú eres un gran experto en natación... —se burló Lennart.

Ilka permanecía aún dentro de la piscina, mientras las demás se habían ido ya a las duchas. Miró hacia Yabali y Lennart, abrió los brazos y giró las palmas hacia fuera, un gesto que significaba: «No pudo ser. No hubo nada que hacer». Y luego otro que interpretaron como: «Gracias por venir». Después, les hizo una señal de despedida.

Lennart iba a gritarle algo para animarla, pero Ilka salió de la piscina y desapareció hacia las duchas.

O eso pensaron Yabali y Lennart al principio. Sin embargo Ilka giró un poco antes en la zona técnica, donde el conserje tenía también su oficina.

—¿Qué busca allí? —preguntó Lennart.

—Ni idea —admitió Yabali—. Ahora no empieces como Michael a sacar conclusiones precipitadas —añadió enseguida. Aunque tenía que reconocer que a él también le parecía un poco raro que Ilka no se fuera directamente a la ducha. ¿Qué buscaba allí?

Los dos miraron con curiosidad en la dirección por donde Ilka acababa de desaparecer. La siguieron. Yabali se sentía un poco incómodo espiando a su amiga, pero le venció la curiosidad.

Se pegó como pudo a la blanca pared de azulejos, y Lennart hizo lo mismo en el otro lado del pasillo. Por desgracia, desde allí no podían ver a Ilka. Aunque sería terriblemente embarazoso que les pillara *in fraganti*.

Ilka se dirigió directa al despacho del conserje. Tuvo suerte.

El conserje estaba sentado ante unos planos gigantescos y al principio no notó la presencia de la joven. Cuando esta tocó en el cristal de la oficina, levantó la mirada un segundo y le abrió la puerta.

—Hola, ¿qué te pasa? —preguntó—. Pareces muy preocupada. ¿También te han robado algo?

—No, pero querría saber a quién le han robado en los últimos días. Y cuándo fue la última vez.

El conserje la miró desconfiado, pero después sonrió.

—Ah, he oído hablar de vosotros. Perteneces a Los Cinco Cracks, ¿verdad? ¿Volvéis a jugar a los detectives?

«De jugar, nada», pensó Ilka. El asunto era muy serio. Y de momento tampoco se podía hablar de Los Cinco Cracks. Al contrario. Nada hubiera deseado más que Los Cinco Cracks llegaran juntos al fondo de aquellos misteriosos robos. Pero, en vez de eso, se peleaban con indirectas y sospechas banales. Hacía mucho que Ilka no se sentía tan sola como en los últimos días. Así que para conseguir la información que necesitaba, le mostró al conserje una encantadora sonrisa, asintió con la cabeza y dijo:

—Bueno, sí, más o menos. Sería muy amable de su parte si pudiera ayudarme.

El conserje asintió:

—¡Desde luego! Frauke da pena. Le han robado ya dos veces seguidas, primero una camiseta nueva de color azul claro y hace dos días un CD de...

Miró una pequeña lista y leyó el nombre del cantante favorito de Frauke.

—¿Y aparte de ella? ¿Han robado a alguien más? —quiso saber Ilka.

—¿Desde que tenemos esta lista? A nadie más. ¡Por suerte! ¿Tienes alguna sospecha de quién la ha tomado con Frauke? —preguntó el conserje.

—¿Yo? —dijo Ilka un poco asustada—. No, no. ¡Ninguna! ¡Ahora tengo que irme, gracias!

Ilka salió corriendo y se fue directa a la zona de las duchas.

Yabali y Lennart saltaron a tiempo dentro de un cuartito lateral, donde la empresa de limpieza guardaba los cubos y la máquina limpiasuelos. Cerraron tras de sí la puerta antes de que Ilka, descalza y aún mojada, pasara de largo chapoteando.

«¿Por qué iba a sentir pena de Frauke?», iba pensando Ilka en ese instante, por eso no miró a su alrededor. De lo contrario, tal vez habría descubierto a Lennart espiando por la rendija de la puerta.

Ilka tenía la sensación de que todos la habían tomado con ella, con sus sospechas vagas y sus acusaciones directas. Y eso le hacía sentir un pinchazo en el estómago, mucho más fuerte que la molesta derrota contra Frauke.

Se preguntaba si era pura casualidad que solo hubieran robado a Frauke. Al principio también le robaron algo a Linh, pero últimamente solo a Frauke. ¿Por qué? ¿Por qué dejaba el ladrón en paz a los demás? ¿Y si no había habido ningún robo? ¿Y si era solo algo que Frauke afirmaba? Pero Ilka no encontraba ninguna razón para ello. Se propuso vigilarla de cerca a partir de ahora. Quizá hiciese algo que arrojase más luz sobre el asunto. Ilka tenía la sensación de que la solución del caso tenía que ver con Frauke. Con esos pensamientos se metió en la ducha.

Mientras tanto, Lennart miró si había moros en la costa, hizo una seña a Yabali y salieron corriendo del trastero al pasillo, y desde allí por las instalaciones de la piscina hasta la salida.

Ilka se sentía sola. ¿Debía contar sus sospechas a Yabali y a Lennart, que estaban de su parte? Pero no tenía ninguna prueba. Sus intuiciones eran tan difusas como las acusaciones contra ella misma. ¡Cómo le gustaría pedirle consejo a Linh ante un té caliente! Pero cuando Linh se acercaba a ella, Ilka se sentía bajo sospecha.

La ducha caliente le sentó bien. Bajo el chorro suave de agua que goteaba contra su cara, pensó con orgullo en sus dos alumnos y se puso contenta. Su entrenamiento estaba teniendo éxito y los avances de Thuy y de Yabali la consolaban un poco de la mala marca de aquel día.

Decidió hablar claro con los padres de Thuy. ¡Se acabó el jugar al escondite! Quería contarles que no había aprendido ni un solo golpe de raqueta de bádminton. Debían enterarse de que su hija tenía un talento innato para la natación.

¿Y si convencía a los padres de Thuy para que fueran a un entrenamiento?

Nada más cambiarse y salir de la piscina, llamó corriendo a Thuy por el móvil y le contó los detalles de su idea.

Thuy acogió con alegría la propuesta de Ilka pero enseguida temió que sus padres fuesen a enfadarse por haberlos engañado. No le gustaba mentir.

—Fue una mentira de urgencia —la tranquilizó Ilka—. Seguro que no se lo toman a pecho.

—No conoces a mi padre —Thuy le quitó cualquier esperanza—. ¡Se enfada como un loco, y le dura horas!

Ilka se acordó de la bronca que le había montado a Thuy en el lago, después del salvamento. Puede que Linh encontrara las palabras apropiadas para calmar al padre de Thuy, pero Ilka no se encontraba ahora en una situación como para pedirle nada a Linh, así que tendrían que arreglárselas sin ella.

—¿Se lo decimos a tus padres las dos juntas? —propuso Ilka—. Así será menos duro.

Thuy consintió.

—¿Hoy mismo? —Thuy también quería quitárselo de encima cuanto antes—. Pero solo con una condición —dijo—. Mi padre tiene que verte también nadar a ti alguna vez más.

8 EL ESPECTÁCULO DE NATACIÓN

Yabali estaba casi tan nervioso como Thuy; a pesar de que en teoría se trataba de una jornada de entrenamiento normal, no era exactamente así: ese día el padre de Thuy iba a ir a la piscina para ver nadar a su hija.

Thuy se mordisqueaba las uñas intranquila, y Yabali, que no podía quedarse quieto, daba saltos de aquí para allá, como si estuviera realizando un calentamiento para una carrera de fondo.

Por si fuera poco, Ilka apareció con retraso y se metió a toda mecha en los vestuarios. Ni Lennart, que también acudiría, ni el padre de Thuy habían llegado aún. Thuy e Ilka habían utilizado sus artes más persuasivas para convencer a este último. Por suerte, Ilka supo manejar bien el embuste de los entrenamientos de bádminton y los padres no se enfadaron. Thuy e Ilka le habían prometido a su padre una demostración. Su hija iba a dejarlo con la boca abierta.

Ilka se vistió en un tiempo récord. Cambió la cazadora y los vaqueros por la chaqueta y los pantalones del chándal. Hoy no necesitaba el traje de baño. Ya casi había acabado cuando Frauke entró en los vestuarios empapada.

Ilka se preguntó qué haría otra vez por allí.

Frauke empezó a meterse con ella:

—¿No tenéis casa? ¿Por qué Los Cinco Cracks organizáis ahora encuentros de familias vietnamitas en nuestra piscina?

Ilka no entendió ni dijo nada, salió fuera y miró hacia la piscina. Entonces vio a qué se refería Frauke: el padre de Thuy ya había llegado, y también Lennart. ¡Los dos estaban con Linh y Michael!

¿Qué hacían ellos dos allí?

Desde el día en el que Ilka, enfadada y decepcionada, abandonó la casa de Linh, no había vuelto a cruzar palabra con ninguno de los dos. Michael fue el primero en sospechar de Ilka. Desde entonces, no parecía decidirse por ninguna de las dos partes. No dijo nada sobre las acusaciones de

Frauke contra Ilka, y aunque tampoco se pronunció contra ella, a Ilka eso no le bastaba. No era un comportamiento propio de un amigo.

Linh tampoco se había retractado de sus extrañas insinuaciones. Por lo visto, para ella era más importante apoyar a Thuy que confiar en Ilka. Como si eso fuera una contradicción. Ilka seguía enfadada con Linh. Siempre salía con sus proverbios asiáticos, pero cuando se trataba de algo relevante, se olvidaba de la sabiduría oriental y hacía insinuaciones estúpidas.

Por lo visto, Lennart había invitado en secreto a Linh y a Michael; de otra forma, sabía que Ilka se habría opuesto.

En el fondo, Ilka se alegraba de que Linh y Michael hubieran ido. Eso significaba que todavía la apreciaban. De una u otra forma, los cinco volverían a estar juntos. Eso es lo que deseaba. Tal vez aquella breve práctica de natación fuese una buena oportunidad para ello.

Regresó a los vestuarios, cerró la bolsa de deporte, absorta en sus pensamientos, se la puso al hombro y entró en la piscina. Hoy permanecería fuera del agua: el centro de atención tenían que ser sus dos alumnos. Saludó al padre de Thuy con afecto. La única palabra que dirigió a Linh y a Michael fue un tímido y seco «hola».

El padre de Thuy le estrechó la mano a Ilka sin decir nada. La joven vio en sus ojos una mezcla de escepticismo y tensión. Ella también estaba nerviosa. Esperaba que ese día nada saliera mal. Observó a Frauke salir de los vestuarios, saltar a la piscina y empezar a hacer largos como en un entrenamiento normal. Ilka miró el reloj. Era cierto que Frauke solía estar a esa hora en la piscina, pero antes de una competición no solía entrenar de manera intensa. ¿Por qué había entrado en los vestuarios completamente empapada?

Ilka se dio la vuelta y se dirigió hacia sus alumnos. Los llevó a un aparte, donde les susurró algo, y después mandó a Thuy al bloque de salida. Thuy subió al bloque, inspiró profundamente, lanzó una mirada a Ilka, que la animó con un movimiento de cabeza, y se colocó en posición de salida, alineando los pies a la altura de los hombros en el canto delantero. Se agarró al borde con los dedos de los pies. Luego flexionó las rodillas, inclinó el cuerpo hacia delante y puso las manos en el mismo canto.

Ilka observó satisfecha la posición de salida de su alumna.

Junto a Thuy, Yabali adoptó la misma posición. Se esforzó en seguir todas las indicaciones que Ilka le había dado de camino. Ilka también le hizo un gesto de ánimo con la cabeza.

Entonces se puso el silbato en la boca y dio la señal de salida.

Thuy flexionó brazos y piernas. Después de soltar las manos del bloque, estiró los brazos hacia delante, dirigiéndolos hacia el punto de inmersión en el agua. Sumergió las manos y los brazos, seguidos de cabeza, tronco y piernas, justo en el espacio que habían abierto sus manos. Poco después, Yabali se sumergió también en el agua.

Tras una breve fase de inmersión, la cabeza de Thuy atravesó la superficie del agua. Acto seguido, apareció la cabeza de Yabali.

El padre de Thuy no se movió.

Yabali y Thuy nadaron a crol, al principio con movimientos lentos, para mostrar su técnica. Cuando Ilka dio el siguiente pitido, aumentaron la velocidad realizando un *sprint,* lo más rápido posible. No nadaban tan rápido como Ilka, pero sí a un ritmo considerable. Incluso adelantaron a Frauke, lo que la hizo irritarse y acelerar su marcha, como si participase en una carrera junto a los otros dos. Frauke adelantó a Yabali sin esfuerzo, pero Thuy pudo seguirle el ritmo un rato, por lo que Frauke tuvo que pelear duro para restablecer el orden jerárquico. Ilka observó la escena con una sonrisa.

Los demás también se dieron cuenta desde la tribuna:

—¡Yabali está irreconocible! —se asombró Lennart—. No parece que tenga ningún miedo al agua.

Linh asintió.

—Y Thuy es un fenómeno. ¡Mira lo rápido que nada!

Poco antes de que Thuy alcanzara el borde de la piscina, Ilka pitó de nuevo. Thuy dejó que Frauke siguiera sola, esperó a Yabali y efectuaron juntos el viraje.

Cuando ambos emergieron, el padre de Thuy abandonó su posición de espectador mudo, se levantó de un salto y aplaudió entusiasmado. Saludó a Ilka con la mano, gritando algo que solo pudo entender Linh.

—Traduce —urgió Lennart—. ¿Qué ha dicho?

—Enhorabuena —respondió Linh.

Desde el borde de la piscina, Ilka veía lo encantado que estaba el padre de Thuy con la demostración, y se sintió muy aliviada.

Todo salía según lo planeado. Había llegado el punto culminante del espectáculo. Ilka sacó dos raquetas de bádminton de su bolsa de deportes y las lanzó al agua. Yabali y Thuy estaban avisados. Alcanzaron las raquetas al vuelo y empezaron a jugar con ellas a bádminton dentro de la piscina. Desde fuera se notaba lo difícil que era. A pesar de ello, Yabali y Thuy se emplearon a fondo y vencieron todas las dificultades de un modo sorprendente.

—¡Acaban de inventar una nueva disciplina deportiva! —dijo Lennart complacido—. ¡Bádminton acuático!

—¡Sí! ¿Por qué no? —admitió Michael.

Linh, que era una destacada jugadora de bádminton, tuvo sus dudas.

—¡Eso podría imaginármelo, como mucho, haciendo pie! —Observó lo rápido que se había familiarizado Yabali con el agua—. De todas formas es una idea interesante.

—¡Típica de Ilka! —añadió Lennart.

El padre de Thuy parecía encantado. Era tan amplia su sonrisa que le obligaba a tener los ojos entrecerrados. Parecía increíble que pudiera ver. Al tiempo que observaba a Thuy y a Yabali, miraba a Ilka con expresión amistosa, mostrando sus brillantes dientes.

«¡Conseguido!», pensó Ilka aliviada. Había dudado de que el padre de Thuy encontrara divertido el espectáculo de bádminton acuático. Pero parecía cualquier cosa menos enfadado. En el futuro podrían entrenar sin agobiantes mentiras.

Yabali salió sonriente de la piscina.

—¡La próxima vez haremos natación sincronizada! —le gritó a Thuy mientras la esperaba. Después le pasó su largo brazo alrededor de los hombros, como para una foto de vencedores.

El alto y negro Yabali, y la pequeña y pálida Thuy. ¡Habrían formado una pareja de sincronizada muy exótica!

—¿Crees que puedes hacerte tan pequeño como yo? —Thuy lo miró sonriendo.

—¡Pues claro! ¡Y tú puedes pasar toda una noche bronceándote en un solárium!

Se pusieron a ambos lados de Ilka y los tres se inclinaron como si estuvieran en el escenario de un teatro. El público aplaudió.

Ilka estaba contenta. ¿Se arreglaría ahora todo? Eso esperaba.

En ese instante, Frauke terminó su entrenamiento e Ilka notó que bullía por dentro. Primero, había tenido que medirse con la principiante Thuy, lo que no había resultado tan sencillo. Y, después, Ilka volvía a ser el centro de atención con Thuy y Yabali. Esta vez ya no como salvavidas, sino como entrenadora. Nadie había hablado de que Frauke acabó primera en el entrenamiento para seleccionar el equipo de relevos.

Ilka le dio a Yabali las dos raquetas.

—¿Las guardarías en mi bolsa, por favor? Tengo que ir un momento a ver al conserje.

Tuvo suerte. El conserje no había interrumpido el pequeño espectáculo de natación. Estaba estrictamente prohibido introducir aparatos en el agua sin su permiso. Quería darle las gracias y explicarle por qué estaba allí con un grupo de gente y explicarle que el juego con las raquetas de bádminton dentro del agua sería una excepción.

Mientras tanto, Yabali había encontrado la bolsa de Ilka. La abrió para meter dentro las raquetas, pero... ¿qué era aquello? ¡Se topó con la cara del cantante preferido de Frauke! ¿Aquel guaperas en la bolsa de Ilka? ¿No era ese el CD que le habían robado a Frauke? ¿Cómo había llegado hasta la bolsa de Ilka? Tenía que preguntárselo ahora mismo. Yabali metió las raquetas en la bolsa y cerró deprisa la cremallera. Después buscó a Ilka con la mirada, pero esta aún seguía con el conserje. Así que se unió a Thuy, que estaba junto a su padre, alabando entusiasmada lo buena entrenadora que era Ilka. Yabali escuchaba solo a medias, mirando con el mayor disimulo posible hacia el despacho del conserje para ver si Ilka regresaba. Se le cruzaban muchas ideas por la cabeza. Tenía que hablar con ella sin falta. ¡Inmediatamente! Linh lo miraba con expresión rara.

De pronto irrumpió en el corro un chaval, nervioso y fuera de sí:

—¿Habéis visto mi reloj? —preguntó, y sin esperar respuesta, añadió—: ¡Lo puse en ese banco! ¡No puede haber desaparecido así como así!

—¿Tu reloj? ¿Cuándo lo dejaste ahí? —preguntó Yabali. En la bolsa de Ilka no había visto ningún reloj. Por suerte.

—Hace cinco minutos. ¡Ahí! —contestó el chaval. Por tercera vez volvió a mirar debajo y detrás del banco—. ¡Nada! —Se marchó disgustado. Primero el CD dentro de la bolsa de Ilka y después el reloj desaparecido, justo al mismo tiempo que Ilka se marchó. No podía ser casualidad. Esta vez no se podía sospechar de Thuy y de su padre. ¡Imposible! El padre de Thuy había permanecido todo el rato sentado con los demás y ahora se encontraba junto a él. Y Thuy, que se mantenía en el borde de la piscina, no llegó a ausentarse.

Yabali sintió escalofríos.

El chaval, muy alterado, se marchó corriendo donde el conserje. Llegó justo cuando Ilka se despedía y contó lo del reloj robado.

—¿Otro robo? ¿Qué está pasando aquí? —El conserje sacudió la cabeza y escribió la hora en la hoja de avisos de pérdidas.

Yabali no aguantó más. Se encaminó hacia el lugar por donde se había ido Ilka. Esperó en las duchas para pedirle una explicación.

En ese momento la mano de Michael lo agarró.

—¡Vamos a haceros una foto!

—¿Qué? —balbuceó Yabali—. Pero...

—¡Nada de peros! —lo interrumpió Michael—. Mira. —Y señaló hacia la piscina, donde Thuy y su padre estaban ya colocados. Thuy le hizo una seña para que acudiese a su lado.

—Esto... —volvió a balbucear Yabali—. ¿No sale Ilka con nosotros en la foto?

—¡Sí! —confirmó Michael—. ¡Ahí viene!

Ilka regresó de la oficina del conserje y se topó de frente con Michael, que le indicó que se colocara para la fotografía de grupo.

Yabali maldijo por lo bajo. Ahora no le podía preguntar nada a Ilka. No le quedó otra que colocarse también para la fotografía.

Después de que Michael apretara tres veces el disparador, Thuy recogió su cámara de fotos e Ilka desapareció en los vestuarios.

Yabali solo pudo seguirla con la mirada.

9 LA ÚLTIMA OPORTUNIDAD

Ilka se fue a los vestuarios para cambiarse la ropa de deporte por la de calle. Quería volver con los demás para celebrar como correspondía el éxito de Thuy y de Yabali. Por un instante, su alegría se evaporó al pensar en los robos, pero solo por un instante.

Cuando entró en los vestuarios, Frauke pegó un respingo del susto.

—¿Por qué tienes que entrar a hurtadillas? —gruñó.

—La próxima vez aviso a tu secretaria —le respondió Ilka mordaz.

En el espejo, Ilka reconoció la cara de Frauke; parecía un fantasma bajo el montón de capas de crema blanca.

—¿Es una máscara de camuflaje o te vas de carnaval? —se burló Ilka.

—Es bueno contra el cloro —le espetó sin darse la vuelta—. ¿Buscas algo?

—No. Me bastaría con encontrar compañeros de clase que no anden por ahí diciendo mentiras —comentó Ilka con sarcasmo mientras se quitaba las chanclas, se calzaba los zapatos y se ataba los cordones.

De pronto su mirada se fijó en una fotografía que había en un bolsillo de redecilla de un lateral de la bolsa de Frauke. Algo le llamó la atención.

Frauke siguió inspeccionándose la cara, buscando zonas que se habían quedado sin cubrir de crema blanca. Ilka pudo así mirar la fotografía que llevaba Frauke más detenidamente, sin que la otra se diese cuenta. Una fotografía suya, ¡claro! Mostraba a Frauke saltando al agua. Una bonita fotografía. ¡Una fotografía que Ilka conocía! ¿O no? ¡Sí! ¡Claro que sí!

Fue como si a Ilka se le cayera la venda de los ojos. Ella, Ilka en persona, había hecho aquella fotografía, pero nunca la había llegado a ver en papel. Mostraba a Frauke dando un salto de carpa en el lago. Pertenecía al montón de fotografías de la acampada escolar. ¡Era de antes de que le robaran la cámara a Linh! ¿Cómo había conseguido Frauke aquella fotografía? Sintió vértigo ante sus propios pensamientos al darse cuenta de que solo había una explicación: nadie podía tener aquella foto, excepto el ladrón. ¡Para hacer una copia de aquella foto se necesitaba la tarjeta de memoria de la cámara robada!

Así que la cámara de Linh estaba en manos de Frauke. Y como la foto del salto de carpa había salido muy bien, había hecho directamente una copia.

El corazón le latía con fuerza. Tan fuerte que temió que Frauke pudiera oír los latidos.

¡Así que Frauke había robado la cámara de Linh! ¡Vaya, vaya! Ilka estaba a punto de acusarla del robo. Pero se contuvo: necesitaba testigos. De lo contrario, podían decir que ella había metido la cámara en la bolsa de Frauke o algo así. Últimamente podía esperarse cualquier cosa.

Frauke continuó sin sospechar nada. Ilka se colocó sus cosas a toda prisa bajo el brazo. Tenía que informar a los demás tan rápido como fuera posible. Salió pitando. Fuera, sus amigos la estaban esperando.

—¡Por fin, ya estás aquí! El padre de Thuy tiene que volver enseguida al trabajo y Thuy se va con él. ¡Ahora puedes aclararme algo! —Yabali le tendió el CD—. ¿Qué es esto? —le preguntó.

Ilka se detuvo, como si se hubiera chocado contra una pared invisible.

—¿Qué?

Yabali intentó disimular su decepción. Hasta ese momento habría puesto la mano en el fuego para demostrar que una de sus mejores amigas no tenía nada que ver con los robos, pero ahora todo había cambiado. Estaba furioso. Jamás habría pensado que podía equivocarse así con Ilka. ¡Ilka robando! ¿Por qué?

El descubrimiento de Yabali había confundido también a Lennart. ¿Cómo iban a seguir confiando en Ilka?

—¿Qué es eso? —preguntó Ilka.

—No preguntes —le contestó Yabali cortante—. Lo sabes muy bien: es el CD que le robaron a Frauke. ¡Y que acabo de encontrar dentro de tu bolsa!

—¿En mi...? —Ilka no llegó a terminar la frase; la acusación le parecía de lo más atroz. Aquello no era un sueño desagradable del que pronto se despertaría. ¡Era su amigo Yabali, que la acusaba de haber robado a Frauke! Precisamente a Frauke. ¡A esa! Tardó un momento en entenderlo. Después, furiosa, arremetió contra Yabali:

—¿Estás mal de la cabeza? ¿Y tú qué buscabas en mi bolsa?

Entonces se acordó de que le había pedido a Yabali que pusiera las raquetas dentro de su bolsa de deportes. Ilka se controló y empezó a pensar. Finalmente llegó a una conclusión:

—¡Frauke! ¡Pedazo de arpía!

Sus amigos la miraron en silencio.

—¡Por eso Frauke se marchó antes a los vestuarios! —afirmó—. ¿Es que no os dais cuenta? Mientras yo echaba un vistazo fuera para ver si os encontraba, puso el CD robado dentro de mi bolsa. ¡Está clarísimo!

Ilka vio caras incrédulas. Yabali hasta se apartó de ella.

Nadie dijo nada. Nadie consideró que Ilka dijese la verdad, o que hubiese otras posibilidades que explicaran cómo había aterrizado el CD en su bolsa. Todos se callaron.

Yabali sacudió la cabeza, decepcionado.

—¿Por qué robas a Frauke?

Ilka se sintió igual que un pez atrapado dentro de una red, mientras sus amigos permanecían sentados en una barca.

Pero Ilka tenía un as en la manga. ¡La fotografía! La foto de la cámara robada de Linh, que estaba en la bolsa de deporte de Frauke. Esa era la prueba de que Frauke era la ladrona, y de que solo ella podía serlo.

Ilka se giró sobre los talones y fue corriendo a los vestuarios.

—Frauke, maldita...

Ilka se detuvo.

—¿Frauke?

Los vestuarios estaban vacíos. Frauke había desaparecido. Igual que los amigos de Ilka cuando salió del vestuario con los ánimos por los suelos.

Dos horas más tarde, Ilka estaba sentada en su cuarto, cavilando, con la cabeza hundida entre las manos.

Solo había una posibilidad de volver a ganar la confianza de sus amigos. Tenía que demostrar la culpabilidad de Frauke. Solo entonces las sospechas contra ella desaparecerían.

Ilka se limpió los ojos llenos de lágrimas con las palmas de las manos. Había estado llorando durante mucho rato por la decepción causada por sus amigos, por la rabia contra Frauke, por el enfado por no haber sabido reaccionar a tiempo y haber arrastrado a Frauke con la foto desde los vestuarios hasta donde estaban sus amigos, obligándola a admitir el robo. ¡Y ahora ella había quedado como una ladrona y una mentirosa!

Se levantó y caminó de un lado a otro de la habitación. Miró por la ventana y volvió a sentarse en la cama. Finalmente puso un CD y escuchó su grupo preferido: Tokio Hotel. Un grupo que tenía tanto que ver con Robbie Williams como una pulga del desierto en una competición de natación. ¿Cómo podían sus amigos creer que ella había robado un CD de una música que no soportaba? ¡Como si fuera por el puro placer de robar cualquier cosa!

Ilka subió el volumen de la música. Sus padres no estaban en casa. Desde hacía unos meses, siempre escuchaba aquella canción antes de una competición. Era genial para aislarse del exterior, desconectar y concentrarse en la carrera. Frauke la había visto y desde hacía poco repetía su ritual.

De pronto, se le ocurrió una idea.

¡El campeonato! ¡Allí estaba la solución! Ilka podría demostrar allí la culpabilidad de Frauke. Y sabía quién iba a ayudarla: Thuy, la única amiga de verdad que tenía en esos momentos. Debía llamarla enseguida. Después enviaría un sms a sus amigos para que, a pesar de todo, acudieran al campeonato y fueran testigos de la culpabilidad de Frauke.

10 UN EQUIPO

Antes de una competición, Ilka solía aparecer puntual para realizar los calentamientos y prepararse bien. Pero esta vez no había llegado aún. En el pabellón no cabía un alfiler y todos los miembros de los equipos de natación de relevos habían realizado ya el calentamiento y estaban preparados para la salida. Ilka era la única que seguía fuera, discutiendo los últimos detalles con Thuy.

Dentro de la piscina, las compañeras de equipo de Ilka empezaron a inquietarse; tal vez no aparecía porque no era la nadadora elegida para el relevo final de la carrera. Naturalmente, fue Frauke quien hizo correr esos rumores.

La señora Kick también había echado en falta a Ilka.

—¿Dónde está Ilka? —preguntó al resto del equipo.

Frauke señaló a los vestuarios. Ilka por fin había llegado, había saludado a todas las chicas menos a Frauke, y se estaba cambiando de ropa mientras las demás compañeras del equipo calentaban.

—Está allí dentro, perdiendo el tiempo.

—¿Qué? —gritó la señora Kick aterrada—. ¿Cómo? Es la nadadora de salida. ¡Y ya es casi la hora!

—A lo mejor cree que si llega tarde será la nadadora del último relevo —presumió Frauke.

—¡Tonterías! —afirmó la señora Kick—. Preparaos, chicas. Yo iré a buscarla.

De hecho, Ilka se estaba cambiando mucho más despacio que de costumbre. Pero no porque esperara un cambio en la alineación del equipo, sino porque quería dar tiempo a Thuy para llevar a cabo su plan.

Thuy llegó corriendo adonde estaba Frauke y le tocó en un brazo:

—¡Hola, qué bien que te encuentro aquí!

Frauke, que se había puesto los auriculares para relajarse los minutos previos a la carrera, no le devolvió el saludo, contemplándola con una mirada escéptica mientras bajaba el volumen de la música.

—Tú ganaste a Ilka, te felicito —la alabó Thuy con la cara radiante.

—No fue tan difícil —mintió Frauke.

Thuy asintió con la cabeza.

—No, si se es tan buena nadadora como tú. Ya me gustaría a mí nadar tan bien.

—¿Ah, sí? —aunque Frauke seguía escéptica, las alabanzas y la admiración de Thuy dejaron una huella en ella.

Thuy lo notó claramente y siguió a la carga:

—He pensado, bueno... mejor, quería preguntarte si podría entrenar contigo.

—¿Conmigo? —Frauke se asombró, pero se sintió halagada—. Creía que entrenabas con Ilka.

Thuy giró la cabeza hacia todos los lados, se aseguró de que nadie la oía y susurró con tono conspirativo:

—Yo quiero entrenar solo con la mejor. ¡Además, mi padre pagaría muy bien!

Frauke alzó las cejas.

—¿De verdad?

Thuy asintió con la cabeza.

—Por supuesto —Frauke aceptó, bajando también la voz—. Pero ahora tengo que participar en la carrera de relevos.

—Claro —dijo Thuy—. Me alegro.

—¡Vale, hasta luego! —Frauke se dio la vuelta y se dispuso a ir con las demás chicas cuando vio entrar a Ilka.

«Si ella supiera», pensó Ilka, divertida.

Entonces Thuy volvió a llamarla.

—¿Frauke?

Frauke se giró.

—¿Sí?

—¿Qué música sueles escuchar antes de una carrera?

Frauke sonrió.

—Robbie Williams, desde luego.

Thuy le devolvió la sonrisa.

—Claro. ¿En un mp3?

Frauke abrió la mano y le enseñó dónde escuchaba la música.

—¡En el iPod!

—¡Qué bien!

De repente apareció a su espalda Michael, al que no había oído llegar.

—Creíamos que te habían robado el iPod. ¿No fue así? —preguntó Michael, e hizo una seña a Yabali, Lennart y Linh para que se acercaran. Ilka llegó con la señora Kick.

Frauke no entendía qué estaba pasando. Miró insegura en todas direcciones. Le hubiera gustado salir corriendo, pero no podía.

—A mí también me extraña mucho —la señora Kick tomó la palabra—. Bien, Frauke, ¿de dónde ha salido ese iPod?

—Yo... ehhh... —balbuceó.

Ilka levantó la bolsa de Frauke y tiró de la manga de una camiseta de color azul claro que guardaba en un bolsillo lateral.

—¡Por lo visto también robada!

—¿Qué está pasando aquí? —preguntó la señora Kick—. ¿Os habéis inventado todos los robos?

—¡No! —la contradijo Linh—. Mi cámara de fotos sí la robaron.

Yabali asintió con la cabeza, clavando la mirada en Frauke.

—Y apuesto que si buscamos en tu casa, en tu habitación, encontraremos allí la cámara, ¿verdad?

—¡Pues sí! —añadió Ilka—. Imprimiste una foto que yo saqué con la cámara de Linh. ¡Solo puedes haberla sacado de la cámara robada!

A Frauke se le llenaron los ojos de lágrimas.

—¿Y qué? —gimoteó—. ¡La culpa la tenéis vosotros!

—¿Nosotros? —Michael se tocó la frente con el dedo—. ¿De que robes? ¡Tú andas mal de la cabeza!

—Es evidente que a Frauke ni siquiera le importaban las cosas que... ha... sustraído —La señora Kick intentó calmar los ánimos. Y por eso buscó una palabra más suave que «robar».

Pero Michael se mostró inflexible.

—¿Qué? —Y se giró hacia Frauke—. ¿Que no le importaban?

Michael dirigió una mirada expectante a la señora Kick, pero esta siguió con la vista puesta en Frauke.

Esta se dio cuenta de que ya no había escapatoria.

—Yo soy tan buena como Ilka —dijo casi gritando—. Se demostró en el entrenamiento.

—¡Porque no estaba concentrada por culpa de tus estúpidas acusaciones! —le echó en cara Ilka.

—¿Y qué? —A Frauke le temblaba todo el cuerpo—. Siempre eres el centro de atención. ¡Siempre hablan solo de ti! Siempre quieres ser la mejor.

—En deporte, todo el mundo quiere ser el mejor —le respondió Ilka.

La señora Kick asintió con la cabeza.

—Sí, la competencia y la ambición son estímulos importantes en el deporte, pero no es lícito cualquier medio, Frauke.

—¡Bah! —soltó Frauke.

—Has acusado a inocentes —dijo Linh colérica—. ¿Cómo crees que se siente uno si todos lo toman por un ladrón?

Linh lanzó una tímida mirada a Ilka y se avergonzó de haber dudado de su honradez.

—El reconocimiento se consigue solo con trabajo honesto —opinó Michael—. ¿De qué te vale una victoria si después se descubre que la has conseguido con trampas? ¡Es igual que un deportista profesional que se dopa!

—¡Sí! —aprobó Lennart—. Quedar en segunda posición es diez veces mejor que quedar el primero si después todos te señalan con el dedo.

Frauke miró a su alrededor. No solo Los Cinco Cracks estaban allí, también Hannah y Feli, las otras dos chicas del equipo de natación de relevos. En ese momento Frauke entendió a qué se refería Lennart con aquella frase.

Las dos chicas la miraban con un gesto de incomprensión.

—Yo soy más lenta que tú y que Ilka. ¡Pero no ando fastidiando por eso! —dijo Hannah, y Feli la apoyó.

Frauke no sabía muy bien cómo entender aquello. Feli se lo aclaró:

—La carrera de relevos está a punto de empezar. Por desgracia para nosotras, se acaba de suspender.

—¿Eh? ¿Por qué? —preguntó Frauke.

—Porque yo no nado contigo en el mismo equipo —aclaró Feli—. No de momento. ¿Primero acusas de robo a una compañera de equipo y después esta tiene que nadar contigo? ¿Dónde tienes la cabeza?

Frauke cogió aire, pero no encontró palabras. Nunca habría esperado una reacción así, y no sabía qué decir.

—Yo también creo que Frauke debería tomarse un descanso en el campeonato y reflexionar sobre lo que significa el deporte —sugirió la señora Kick.

Frauke no dijo nada más. Soltó un sollozo y se fue apresuradamente hacia los vestuarios empujando a los demás a un lado.

Linh hizo ademán de ir tras ella, pero la señora Kick la detuvo.

—Ya hablaré yo con ella —prometió la profesora—. A solas.

Los demás siguieron a Frauke con la mirada, bastante abatidos.

—Vaya —dijo Hannah—. Voy a vestirme otra vez. Ya podemos olvidarnos de la carrera. No tenemos sustituta.

—Claro que la tenemos —interrumpió Ilka, y señaló a Thuy.

A Thuy casi le da un infarto.

—¿Yo? —preguntó.

—¿Ella? —preguntaron las chicas casi al mismo tiempo e igual de asombradas.

A Linh le gustó la propuesta.

—¿Qué pasa? —preguntó—. ¡Thuy ha estado entrenando con Ilka!

—¡Sí! —aprobó Yabali—. ¡Y menuda nadadora! ¡Yo estaba allí!

—¿Es posible? —preguntó Lennart, lanzando una mirada esperanzada a la señora Kick.

La señora Kick se encogió de hombros.

—Puedo intentarlo. Hablaré con la dirección del campeonato. Thuy, cámbiate deprisa. No tenemos mucho tiempo.

Thuy no se lo pensó dos veces: salió como un rayo hacia los vestuarios.

—No tengo nada en contra de Thuy —objetó Feli—. Pero no pertenece al equipo de natación escolar. ¡No tenemos ninguna posibilidad de ganar!

—¿Y a quién le interesa ganar? —preguntó Ilka—. Cualquier cosa es mejor que tirar la toalla, ¿no?

—¡Desde luego! —gritaron el resto de Los Cinco Cracks.

—¿Y, además, quién dice que no tenemos ninguna posibilidad? —añadió Hannah.

—¡Exacto! —exclamó Ilka radiante.

Estaba contenta de que ya nadie sospechara de ella. Estaba feliz de haber recuperado de nuevo a sus amigos. Y también le alegraba enfrentarse a la primera competición de natación con Thuy.

—¡Mientras creamos en nosotras mismas, siempre tendremos una posibilidad!

ÍNDICE